죽은 나무를
위한 애도

Klage um
einen alten
Baum

KB077979

헤르만 헤세
송지연 옮김

죽은 나무를 위한 애도

Klage um einen alten Baum

아들과 함께 정원을 가꾸는 헤르만 헤세(1908)

차례

나무

나무는 늘 내게 가장 감명을 주는 설교자였다. 나는 나무
가 크고 작은 숲에 종족을 이루고 사는 모습을 숭배한다. 나무
들이 홀로 서 있을 때 더더욱 숭배한다. 그들은 마치 고독한
사람들과 같다. 시련 때문에 세상을 등진 사람들이 아니라 위
대하기에 고독한 사람들 말이다, 마치 베토벤이나 니체처럼.
나무들의 꼭대기에서는 세상이 속살거리고, 그들의 뿌리는
영원 속에서 쉰다. 그러나 그들은 그 속에서 자신을 잃어버리
지 않고, 제 안에 있는 법칙에 따라 자기 고유의 것을 채우고
자신의 모습을 완성하고 표현하는 데 온 힘으로 정진한다. 그
어느 것도 아름답고 튼튼한 나무보다 더 성스럽고 모범이 되
는 것은 없다.

나무가 베어져 벌거벗은 죽음의 상처를 햇빛에 드러낼 때
우리는 나무의 묘비인 밑동 단면에서 삶의 이야기를 읽는다.
나이테의 바르고 일그러진 모양새에는 모든 싸움과 고뇌, 행
운과 번영의 역사가 그대로 씌어 있다. 빈곤했던 해, 풍족했던
해, 견뎌 낸 폭풍우와 시련들……. 단단하고 품격 높은 나무일

수록 촘촘한 나이테를 갖고 있다는 사실과, 높은 산 끊임없는 위험 속에서야말로 강인하고 옹골찬 나무가 자란다는 것은 농가 소년이면 누구나 다 아는 인생의 진리다.

나무는 성소(聖所)이다. 나무와 얘기하고 그 말에 귀 기울일 줄 아는 사람은 진리를 배운다. 나무는 교의나 규율을 말하지 않고 개별적인 것을 넘어 삶의 근본 법칙을 들려준다.

나무가 말하기를, 내 안에는 씨 하나와 불티 하나와 생각 하나가 감춰져 있어요. 나는 영원한 생명으로부터 삶을 얻고 있어요. 영원의 어머니가 내게 감행한 시도와 계획은 전례 없는 것이었지요. 내 모양새와 내 살결도, 그리고 내 머리 주변에서 속살대는 이파리들의 작은 유희도, 내 껍질의 작디작은 상처까지도 모두 유일하지요. 나의 과제는 내가 받은 일회적인 것들로부터 영원한 것을 만들어 보여 주는 것이지요.

나무가 말하기를, 나의 힘은 믿음이에요. 나는 내 아버지들에 대해서 아무것도 모르고, 매년 나로부터 생겨나는 즈믄의 아이들에 대해서도 아무것도 모르지요. 나는 내 씨앗에 감춰진 비밀스러운 이야기를 끝까지 살아갈 뿐, 다른 것은 염려하지 않아요. 나는 신이 내 안에 있음을 믿어요. 그리고 내 삶의 과제가 성스럽다는 것을 믿지요. 나는 이런 믿음을 갖고 살아가요.

우리가 슬프고 더 이상 삶을 잘 견뎌 내기 힘들 때 나무는 우리를 타이를 터다. 자, 마음을 가라앉히고 나를 봐! 산다는 것은 쉽지도 않고 어렵지도 않아. 그런 것은 어린애들 생각일 뿐이지. 네 안의 신이 하는 얘기를 들어 보면 그런 생각들은 사라져 버릴 거야. 너는 겁먹고 있는데, 왜냐하면 네가 가고 있는 길이 너를 네 어머니와 고향으로부터 멀리 이끌었기 때문이지. 하지만 한 걸음 한 걸음이 그리고 하루하루가 너를 다시 어머니에게로 이르게 하는 것을! 고향은 여기나 혹은 저기에 있는 것이 아니야. 고향은 바로 네 안에 있지. 다른 어디에도 없어.

저녁 무렵 바람이 나뭇잎을 스쳐 가는 소리를 들으면 나는 정처 없이 떠나고 싶어진다. 조용히 한참 그 소리를 듣고 있으면 떠나고 싶은 마음의 의미를 알게 되는데, 그것은 괴로움으로부터 멀리 떠나려는 것이 아니다. 그것은 고향에 대한, 어머니에의 기억에 대한, 삶의 새로운 모습에 대한 그리움이다. 그런 그리움은 우리를 마음의 안식처로 이끈다. 모든 길이 그곳으로 나 있고, 모든 걸음이 탄생이고 죽음이며 모든 무덤이 어머니다.

나무는 우리가 어린 생각으로 불안해하는 저녁이면 그렇게 속삭인다. 나무는 우리보다 오래 사는 만큼 생각이 깊고 여유 있으며 차분하다. 나무가 들려주는 이야기에 우리가 귀를 기울이지 않더라도 나무는 우리보다 현명하다. 그러나 우리가 나무에 귀 기울이는 법을 배우고 나면, 짧고 조급한 생각에 익숙해 있던 우리는 비길 데 없는 기쁨을 얻는다. 나무가 하는 말을 주의 깊게 듣는 사람은 더 이상 나무가 되기를 바라지 않는다. 그는 더 이상 자기 이외의 무엇이기를 원하지 않는다. 그것이 고향이고 그것이 행복이다.

그리스도 수난의 날

구름 덮인 날, 아직 눈 녹지 않은 숲에는
벗은 나뭇가지 위에 지빠귀가 노래한다.
기쁨에 차고 아픔에 겨운
봄의 숨결은 조심스레 흔들린다.

그렇게 말없이, 풀숲 속에 작디작은
크로커스며 제비꽃 무리들이
수줍게 피우는 향내는 저희들도 모른다.
죽음과 축제의 향내.

나무의 어린 싹들은 눈물에 가리워 앞을 못 보고
하늘은 근심스레 낮게 드리워 있다.
그리고 모든 정원과 언덕은
겟세마네이고 골고다인 것을.

4월의 편지

　폭풍우 몰아치는 날들이 오기 전, 아직은 건조한 봄 동안 나는 곧잘 내 포도밭 한곳에 가 있곤 했다. 그곳은 그맘때쯤이면 내가 불을 피우곤 하던 정원의 한 모퉁이다. 정원 경계를 이루는 산사나무 울타리 곁에 몇 해 전부터 너도밤나무 한 그루가 자라고 있다. 처음에는 숲에서 날아온 씨앗에서 싹터 나온 작은 덤불에 지나지 않았고 오히려 산사나무가 해를 입지 않을까 걱정되어서 별로 탐탁지 않아 하며 두고 보았는데 그 작고 강단 있는 겨울 너도밤나무는 아주 보기 좋게 자라났다. 나는 결국 그 나무를 받아들이기로 했고, 지금 그것은 아직 작지만 든든한 나무가 되었다. 이제 나는 그 나무를 훨씬 아끼는데, 왜냐하면 숲에서 내가 가장 좋아하던 오래되고 거대한 너도밤나무가 얼마 전에 잘렸기 때문이다. 그곳에는 아직 베어진 나무둥치와 가지들이 거대한 기둥들처럼 육중하게 놓여 있다. 내 작은 나무는 아마도 그 너도밤나무의 아이이리라.

　이 나무가 고집스레 자신의 나뭇잎들을 붙들고 놓지 않는 모습을 보는 일은 내게 기쁨을 주었고 종종 감탄을 금치 못하게 했다. 다른 모든 나무들이 벌써 오래전에 나뭇잎을 다 떨구고 벌거벗었을 때 나의 너도밤나무는 아직 그 시든 이파리 옷을 걸치고 있다. 12월, 1월, 2월이 다 지나갈 동안, 비바람에 시달리고 눈이 쌓이고 다시 녹아내릴 동안, 처음에는 진한 밤색이던 이파리들이 점점 밝아지고 얇아지고 투명해지는데도 나무는 그 이파리들을 놓아주지 않는다. 그들은 어린 싹들을 지켜야 하는 것이다. 매년 봄이면, 기대했던 것보다 꼭 늦게, 어느 날 문득 나무는 변해 있다. 늙은 이파리들은 어디론가 사라지고 그 대신 새 물이 오른 여린 새싹들이 돋아나 있곤 했다. 그런데 나는 이번에 나무가 변화하는 순간을 우연히 목격했다. 그것은 4월 중순쯤, 비가 주위 풍경을 신선한 초록빛으로 바꾸어 놓은 지 얼마 지나지 않은 어느 날 오후의 한 시간 동안이었다. 나는 여태껏 올해의 첫 뻐꾸기 소리를 듣지 못했고 들판에서도 아직 수선화를 보지 못했다. 며칠 전만 해도 나는 강한 북풍이 부는 이곳에 오버코트의 깃을 올리고 서서, 나의 너도밤나무가 휘몰아치는 바람에도 태연하게 버티며 작은 이파리 하나조차 바람에 내주지 않는 모습을 경탄한 채 바라보았다. 그렇게 강인하고 용감하게, 그렇게 끈덕지고 고집 세게 나무는 빛바래고 시든 이파리들을 꽉 붙들고 있었다.

그런데 오늘, 바람이 자고 대기는 부드럽고 따사로운 날, 불을 지피며 나뭇가지를 분지르고 있을 때 나는 그 일이 일어나는 광경을 보았다. 한순간 부드러운 미풍이 단 한 번의 숨을 내쉬며 낮은 소리로 불어오자 이제껏 그리 오랫동안 떠날 날을 미루어 왔던 나뭇잎들이 수백 수천 장으로 흩어지며 날아가 버렸다, 자신들의 인내와 고집과 용기를 다하고 소리 없이 가볍게 기꺼이 순종하면서. 대여섯 달 동안 저항하며 견뎌 내

던 그 무엇이 단 몇 분 동안 아무것도 아닌 것에, 한 차례의 입
김에 굴복하고 말았다. 왜냐하면 때가 됐기 때문이고 쓰디쓴
인내가 더 이상 필요하지 않기 때문이다. 나뭇잎들은 웃음 지
으며 의젓하게, 저항 없이 한편으로 흩어지며 바스락거렸다.
그 한 자락 미풍만으로 그렇게 가볍고 얇아진 작은 나뭇잎들
을 멀리 날려 보내기에는 역부족이었다. 소리 없이 내리는 비
처럼 나뭇잎들은 그 작은 나무 발치에 떨어졌고 길과 풀들을
덮었다. 그 나무에는 몇몇 어린싹들이 벌써 움터서 연둣빛을
띠고 있었다. 이 놀랍고도 감동적인 광경이 내게 무엇을 보여
주었을까? 그것은 홀가분하고 기꺼이 받아들여진 겨울 잎들
의 죽음이었을까? 어쩌면 뜬금없이 깨어난 욕망으로 저들의
자리를 빼앗은 어린 싹들의 저돌적이고 분방한 청춘에 깃든
생명이었을까? 그것은 슬픔이었나, 희망이었나? 아니면 늙은
나에게 주는 경고였을까, 젊고 튼튼한 사람들에게 자리를 내
주고 훨훨 날아가 버리라는? 혹은, 그 너도밤나무 잎들처럼
오래 끈기 있게 두 다리로 버티고 서서 삶을 지키라는 격려였
을까? 그러면 적당한 때가 왔을 때 작별은 쉽고 가벼울 수 있
으니까. 아니다, 그것은 무한함과 영원함의 현현, 상반되는 것
들이 하나 되어 현실 세계의 불꽃 속에서 함께 녹아드는 순간
이었다. 그것은 아무것도 의미하지 않았고 아무것도 경고하
지 않았다. 오히려 그것은 삶의 모든 비밀이었다. 그리고 그것
은, 바흐를 듣는 귀와 세잔을 보는 눈처럼, 마주하는 이에게
아름다운 경험이자 기쁨이었고 의식(儀式)이었으며 선물이고
발견이었다. 이 이름들과 의미들은 그때 경험한 것이 아니라,
뒤늦게 내게 떠오른 것이다. 그 경험 자체는 그저 일어난 일,
놀라움, 비밀이었고, 진지한 만큼 아름답고 엄격한 만큼 애정

어린 것이었다.

그사이 세상은 싱그러운 초록빛으로 변했고 부활절 일요일에는 첫 뻐꾸기 울음소리가 우리 숲속에 울려 퍼졌다. 그 후로 눅눅하고 변덕스럽고 바람이 불어제치는 거친 날들이 계속되었다. 그러던 어느 날, 봄은 벌써 여름으로의 도약을 준비하고 있었는데, 산사나무 울타리 곁 너도밤나무 근처에서 그 위대한 비밀이 또 하나의 비유적 광경으로 내게 말을 걸어왔다. 무겁게 구름 덮인 하늘에는, 가끔씩 눈부신 햇빛 줄기가 연초록의 계곡으로 쏟아져 내리기도 하면서, 굉장한 구름의 연극을 연출하고 있었다. 바람은 사방에서 불어오는 듯했으나 북풍이 가장 강했고, 불안과 격정이 팽팽하게 대기를 채우고 있었다. 이 광경의 한가운데서 문득 내 시야로 어리고 아름다운 나무 한 그루가 들어왔다. 그 나무는 여린 새잎이 돋은 옆집 정원의 포플러나무였다. 뾰족한 우듬지는 마치 쏘아 올린 불꽃과도 같이 하늘 위로 쭉 뻗어서 유연하게 바람에 흔들렸는데, 잠시 바람이 멈추면 측백나무처럼 뻣뻣하게 자기를 닫고, 바람이 불기 시작하면 수백의 가늘고 잘 가다듬은 가지들로 몸짓을 했다. 그 사랑스러운 나뭇가지들은 부드럽게 반짝이며 속살대는 이파리들과 함께 이리저리 휘기도 하고 버티기도 했다. 자기 힘과 초록의 청춘을 기뻐하면서 저울의 지침처럼 낮게 중얼대며 흔들리다가 이제는 유희하듯이 제멋대로 다시 튕기기도 했다.(훨씬 나중에야 떠오른 것이지만, 나는 십여 년 전에도 한 복숭아나무의 가지들이 벌이는 동일한 유희를 온 감각을 열고 바라본 적이 있다. 그리고 「꽃핀 가지」라는 시에 그것을 담았다.)

꽃핀 가지

늘 내주고 저항하며
꽃핀 가지는 바람 속에서 애쓴다.
늘 상승과 침체를
내 마음은 아이와도 같이 열망한다
밝고 어두운 날들 사이에서
욕망과 체념 사이에서.

꽃들이 지고
그리고 열매들이 나뭇가지를 덮을 때까지
내 마음이, 유년에 싫증을 내고
평화로워질 때까지
그러고는 인정하기를: 환희에 차고 헛되지 않은
그것은 삶의 불안한 유희였음을.

유년 시절로부터

저 멀리 어두운 숲은 며칠 전부터 여린 초록의 밝고 옅은 빛을 띠기 시작했다. 나는 오늘 황톳길 가에서 반쯤 벌어진 첫 앵초꽃을 보았다. 촉촉하고 맑은 하늘에서는 부드러운 4월의 구름이 꿈을 꾸고, 갓 갈아엎은 밭은 빛나는 흙색인데, 마치 자신의 말 없는 힘을 수많은 초록빛 싹들과 올라오는 줄기들에 시험해 보고 느끼고 넘겨주고 싶다는 듯이, 온화한 대기 아래 욕망에 차서 누워 있다. 모두가 기다리고, 모두가 준비하고, 모두가 꿈꾼다. 그리고 섬세하고 부드럽게 일어나는 생성의 열망으로 싹을 틔운다. 씨앗은 태양에, 구름은 밭에, 어린 풀은 미풍에게로. 해마다 이맘때쯤이면 갈망으로 조급한 마음에 나는 숨어서 기다리곤 한다, 마치 어느 특별한 순간에 새로운 탄생의 기적이 내게 열리기라도 할 듯이, 마치 내가 한 번은 그 아름다움과 힘의 계시를 지켜보고 또 이해하며, 땅으로부터 웃으면서 솟아오른 생명이 빛을 향해 처음으로 그 천진한 큰 눈을 뜨는 순간을 반드시 함께 경험하게 되리라는 듯이. 그러나 해마다 그 기적은 작은 소리로, 향기로 내 곁을 스쳐 간다. 나는 그 기적을 사랑하고 숭배하지만 이해할 수는 없다. 그것은 단지 그렇게 와 있다. 나는 그것이 오는 것을 보지도, 씨앗의 껍질이 벗겨지는 것도, 여린 즙이 빛을 받아 처음으로 바르르 떠는 것도 보지 못했다. 어느새 사방에는 꽃들이 피어 있고 나무들은 빛나는 잎들과 거품처럼 하얀 꽃들로 반짝이고, 새들은 환호성을 지르며 따사로운 푸르름 속으로 아름다운 아치를 그리며 날아오른다. 내가 그것을 보았건 못 보았건 기적은 이루어졌다. 숲은 부풀어 오르고, 먼 산꼭대기가 우리를 부른다. 이제는 장화와 바구니, 낚싯대와 노를 준비하고, 온 감각으로 해마다 더 아름답고 더 황급히 지나가는 듯한 새봄을 기뻐해야 할 때다. 내가 아직 소년이었을 무렵에 봄은 얼마나 지칠 줄 모르게 길었는지!

시간이 허락하고 내 마음이 평온하면 나는 촉촉한 풀 위에 드러눕거나 튼튼한 나무 위로 기어올라 가지에 흔들흔들 매달려도 보고 어린싹과 신선한 송진 내음도 맡고 가지들이 뻗어 나간 모양이나 내 위로 얽히고설킨 초록빛과 파란빛을 바라보며, 꿈속을 거닐듯이, 어느 조용한 손님으로서 내 소년 시절의 열락(悅樂) 가득한 정원으로 걸어 들어가곤 한다. 그리로 다시 한 번 넘어 들어가 유년 시절의 맑은 아침 공기를 들이마시고, 한순간 세상을 신의 손에서 나온 그대로 보게 되는 경험은 흔치 않지만 아주 근사한 일이다. 우리는 어린 시절에 모두 세상을 그렇게 보았다, 왜냐하면 바로 우리 안에서도 그 아름다움과 힘의 기적이 펼쳐졌으니까. 거기 나무들은 그렇게 기쁘게, 그리고 고집스럽게 하늘로 하늘로 자라났고 정원에서는 수선화와 히아신스가 그다지도 화려하고 고아하게 피어났다. 우리가 잘 알지 못하던 사람들조차 우리들에게 온화

하고 친절했는데, 아무래도 그들은 우리의 매끄러운 이마에서 아직 신의 입김을 느꼈기 때문이리라. 우리는 그것을 알지 못했고, 그 뒤로 원하지도 않고 의식도 못 하는 사이에 성장에 떠밀려서 잃어버리고 말았다. 나는 얼마나 길들여지지 않고 제멋대로인 아이였나! 아버지는 나 때문에 얼마나 많이 근심했고 어머니는 얼마나 자주 한숨을 뿌렸나! 그러나 신의 광채는 내 이마 위에 있었고, 내 눈에 비치는 것들도 아름답고 싱그러웠다. 그리고 나의 생각과 꿈속에서는, 그것이 신앙심에서 나오지 않았을지라도, 천사와 기적과 동화가 형제들처럼 오고 갔다.

마로니에

우리가 한동안 살았던 장소는, 그곳을 떠나고 얼마 지난 뒤에야 우리 기억 속에서 하나의 모습을 이루고, 변하지 않는 그림으로 남는다. 그곳에 머무르며 모든 것이 눈에 들어오는 한, 우리는 아직 순간적인 것들과 본질적인 것들을 거의 구분하지 못하는데, 사소한 것들은 시간이 지나야만 기억 속에서 희미해지는 까닭이다. 우리는 기억할 만한 가치가 있는 것들만을 머릿속에 남겨 놓으니까. 그렇지 않다면 어떻게 우리가 두려움과 어지럼증 없이 우리 삶의 단 한 해라도 돌아볼 수 있겠는가!

어떤 곳이 우리에게 남겨 주는 그림 속에는, 강, 바위, 지붕들, 광장 같은 여러 가지 인상들이 들어 있는데, 내 그림의 중심에는 나무가 자리한다. 나무들은 단지 아름답고 사랑받을 가치가 있을 뿐만 아니라, 건축물 속에 사는 사람들에게 자연의 무구함을 대면시킨다. 그 밖에도 우리는 나무로부터 많은 것, 예컨대 그곳 토양의 종류와 나이, 기후와 날씨뿐 아니라 주민들의 의미까지도 알아낼 수 있다. 지금 살고 있는 마을

이 훗날 내 기억 속에 어떤 모습으로 남을지 모르겠으나, 포플러를 빼놓고는 상상할 수조차 없다. 마치 올리브나무 없이는 가르다 호수를, 측백나무 없이는 토스카나 지방을 상상할 수 없듯이. 어떤 다른 곳들은 보리수와 호두나무 없이 기억할 수 없으며, 두세 곳은 나무가 한 그루도 없었다는 인상으로 내 머릿속에 남아 있다.

한편, 눈에 띄는 수목이 없는 도시나 풍경은 내 안에서 영 그림이 되지 못하고 몰개성하다는 느낌만 준다. 그런 도시를 하나 알고 있는데, 내가 청년이었을 때 이 년 동안 살았던 그곳은 많은 추억에도 불구하고 마치 여느 기차역처럼 내게 낯설고 별 의미 없는 인상으로 남아 있다.

그럴싸한 마로니에들 덕분에 인상적이었던 도시를 나는 벌써 오랫동안 찾지 못했다. 여기저기 이웃에서 아름다운 마로니에를 한두 그루 보거나, 가끔 시골 마을에서 초라하고 작은, 정원용 마로니에들을 안된 마음으로 맞닥뜨리긴 하지만. 마로니에가 어떤 자태를 가질 수 있는지 그들이 알기나 한다면! 마로니에가 얼마나 육중하게 서 있는지, 얼마나 가득하게 꽃을 피우는지, 잎이 흔들리는 소리가 얼마나 깊은지, 얼마나 풍성한 그늘을 던지는지, 그리고 여름에는 얼마나 거대하고 풍만하게 부풀고, 가을에는 황금빛 밤색의 나뭇잎들이 얼마나 넉넉하고 부드럽게 달려 있는지를 알기나 한다면!

오늘 나는 다시 아름다운 마로니에들로 가득하던 슈바벤 지방의 그 작은 도시를 생각한다. 그 도시의 중심에는 오랜 성곽이 있는데, 여러 건물을 포함한 육중한 건축물이다. 그 큰 성곽을 둘러싼 놀랍도록 넓은, 이미 오래전에 말라붙은 해자(垓字)를 따라서 커다란 원을 그리며 근사한 길이 나 있다. 그

길 한쪽으로 낮고 오래된 집들이 늘어서 있고, 탁 트인 해자 쪽은 커다란 마로니에들이 거대한 화환처럼 에워싸고 있다.

한편에는 가게와 음식점의 간판들이 걸려 있는데, 여기서는 가구장이가 나무를 두드려 대고 함석장이가 함석판을 내리치는가 하면, 저기서는 구두장이들이 굴속 같은 구둣방에서 졸고 있고, 유피 공장들은 야릇한 냄새를 풍기고 있다. 그러나 그 큰길의 다른 쪽에는 고요와 그늘이, 나뭇잎의 향과 초록빛의 유희가, 그리고 벌들의 노래와 나비의 춤이 있다. 늘 무언가를 두드리고 꿰어 맞춰야 하는 가난한 장인들에게는, 그들이 종종 동경의 눈길을 던지는 창문 너머로 이처럼 영원한 휴일과 하늘의 평화가 있다. 그리고 그들은 더운 여름 저녁 느지막한 시간이면 한숨짓지 않은 채 그 평화를 찾아갈 수 있다.

나는 이 작은 도시에 여드레 동안 머물렀던 적이 있다. 사실은 나도 가게 일로 그곳에 있었으면서, 거만하게 진열장 속의 가게 점원들이나 장인들을 들여다보거나 천천히 품위 있게 산보하면서 그 길과 삶의 휴일이 있는 쪽에 내가 있음에 쾌감을 느꼈다. 그러나 가장 좋았던 것은 해자 바로 옆에 있는 여인숙 '금갈색 독수리'에 묵었던 일이다. 그곳에서는 저녁과, 밤새도록 내 창 앞에 피어 있는 붉은색과 흰색의 무수한 마로니에 꽃들이 모두 내 것이었다. 그러나 이 눈의 열락을 즐기는 데는 다소 희생이 따랐다. 왜냐하면 얼핏 말라 버린 듯 보이는 해자의 푸른 이끼 덮인 바닥은 매일 수만 마리의 굶주린 모기들을 생겨나게 할 만큼 습했기 때문이다. 하지만 여행지에 머무는 젊은이라면 그런 무더운 여름밤에 깊이 잠들지 않는 법이다. 모기들이 너무 극성을 부리면 나는 몸에 식초를 바르고 불을 끈 뒤 시가에 불을 붙이고 창가로 가 앉았다.

얼마나 기묘한 저녁과 밤 들이었나! 여름 향기, 가볍고 후 더분한 길의 먼지, 모기들의 윙윙거림 그리고 몰래 움찔대며 아른거리는 대기의 후텁지근함.

오랜 세월이 지난 지금, 그 마로니에에 둘러싸인 해자 곁 에서 보낸 더운 저녁들이 내게는 마치 삶 속의 섬처럼 혹은 동 화나 잃어버린 젊은 시절처럼 값지고 감동적으로 떠오른다. 그 나날은 그렇게 깊고 축복에 찬 눈길을 보내며, 그토록 매혹 적이고 달콤하고 따사롭게, 마치 천국의 약속과도 같이, 혹은 아발론(낙원)의 사라진 노래처럼 나를 슬프게 한다.

오후가 다 가기 전에 나는 가게를 닫았다. 그러고는 무위 도식하는 사람의, 신사인 척하는 오만함을 보이면서 성곽 둘 레로 난 길을 한두 차례 산보하며 자유와 한가로움을 즐겼다. 이 시기에 나는 내 안에서 한가로이 시간을 보내는 재능을 발 견했다. 아, 내가 살아가면서 언젠가 그럴듯한 무언가를 이루 려 했다면(하지만 사람들이 늘 내게 말하듯이, 그런 성공이 정말 그렇 게 중요할까?), 나는 지금 이 며칠 동안의 선물 같은 시간을 누 리기 위해서 죽도록 일해야 했을 것이다.

그러고 나서 나는 도시 밖으로 나갔고 변두리 정원들을 지나, 언덕 위의 향기로운 여름 풀밭이나 조용히 어두워지는 숲가를 거닐곤 했다. 소년 시절 이후로 나는 반짝이는 도마뱀 이며 몽롱하게 흔들리는 나비를 그토록 한가로이, 넋을 잃은 채 바라본 적이 없었다. 시냇가에 다다라서는 멱을 감든지 더 운 머리를 축였고, 사람 눈에 잘 안 띄는 은밀한 장소에서 모 눈종이 노트를 꺼낸 뒤 끝이 뾰족한 연필로, 부끄러운 일들이 며 말할 수 없이 기쁘고 자랑스러운 일들을 적어 넣었다. 어쩌 면 그때의 내 시들은 무가치할지 모르고, 내가 지금 그 시들을 다시 본다면 웃을지도 모른다. — 아니, 나는 웃지 않을 것이다, 분명히. — 하지만 나는 글을 쓰면서 혹은 다른 일을 하면서 다시 한 번 그렇게 가슴 깊이 행복을 느껴 보고 싶다.

저녁이 되면 나는 그 작은 도시로 돌아왔다. 어느 정원에선가 장미 한 송이를 꺾어 들고 걸었는데, 아무래도 장미 한 송이를 들고 있으면 다행스러운 경우가 곧잘 생기기 때문이었다. 가령 시장 모퉁이에 사는 목수 키덜렌의 딸을 때마침 만난다면 나는 모자를 벗어 들 테고, 만일 그녀가 고개만 까딱한 채 지나치지 않고 함께 이야기를 나누어 준다면, 그녀에게 적절한 말과 더불어 주저 없이 장미 한 송이를 건네주지 않았을까? 혹은 내가 묵는 여인숙 주인의 조카딸, 금발의 마르타를 맞닥뜨릴 수도 있다. 그녀 때문에 여인숙 이름을 '검은 독수리'에서 '금갈색 독수리'로 바꾸었다고 한다. 그녀는 늘 나를 도도하게 내려다보았는데, 어쩌면 진지한 의미는 없었을지도 모른다.

그렇게 나는 시내로 들어와서 어떤 우연을 기대하며 골목길을 이리저리 거닐다가 여인숙으로 돌아왔다. 나는 여인숙 문 앞에서 장미를 단춧구멍에 꽂고 입장해서는 정중하게 햄이나 겨자, 돼지 다리나 갈비, 크라우트를 주문하고 바이힝어 맥주도 가져오게 했다.

음식이 나올 때까지 나는 노트의 시들을 다시 한 번 훑어보면서 어딘가에 줄을 긋거나 물음표를 달았다. 그러고 나서 나는 먹고 마시며 화법이나 처신을 다듬고자 나보다 나이 많고 품위 있는 단골손님들을 본보기로 삼았다. 가끔은 여인숙 주인이나 안주인이 맛있게 드시라고 친절하게 인사를 건넬 뿐 아니라, 내 맞은편에 앉아서 잠시 말 상대를 해 주기도 했다.

그러면 나는 겸손하고 붙임성 있게 얘기를 주고받았고, 어떤 때는 씨가 있는 말이나 정치에 관한 의견을 피력하기도 하면서 농담을 하기도 했다. 저녁 값을 치른 뒤 흰 맥주를 한 병 들고 모기들이 윙윙대는 내 침실로 올라가서 맥주를 식히려고 세숫물 속에 담가 놓았다.

그러면 이제 경이로운 저녁 시간이 시작되었다. 나는 홀로 창턱에 앉아 반쯤 꿈에 잠겨서, 여름밤과 그 후텁지근한 대기며 흰 마로니에 꽃이 유령처럼 창백하게 빛나는 광경의 아름다움을 음미했다. 큰 나무들 밑으로 연인들이 얼싸안고 천천히 걸어가는 모습을 가슴 답답하고 우울한 심정으로 바라보기도 했는데, 그러면 나는 우수에 젖어서 단춧구멍의 장미를 빼낸 뒤 차와 여인숙 숙박객들과 연인들이 지나다니는, 먼지가 일어 흰빛으로 어른거리는 길 위로 날려 버렸다.

내가 무슨 이야기를 들려주겠다고 약속했던가? 아니, 나는 약속한 적이 없고 아무 얘기도 들려주려 하지 않는다. 나는 단지 그 여름밤들의 노래를 다시 듣고 싶을 뿐이다. 나는 그 노래들을 아발론의 모든 노래들보다 좋아한다. 나는 그것들을 잊어버리지 않고자 그 오래된 도시와 성곽, 해자를 다시금 떠올리고 싶다. 여러 해가 지난 지금 나는 단지 그 마로니에들과 그때의 내 시를 적은 노트와 다른 모든 것들을 새삼 기억하고 싶은 것이다, 왜냐하면 그것들은 다시 돌아오지 않을 테니.

그때 그곳에서 겨우 여드레 낮과 밤을 보냈다는 사실이 지금 내게는 믿기지 않는다. 내가 느끼기로는, 백 번도 넘게 숲으로 산책을 갔으며 백 송이도 넘는 장미를 꺾었고 백 차례도 넘는 밤 동안 그 마로니에 도시의 아름다운 여성들에게 마음속으로 장미들을 바쳤고, 아무도 그 장미를 원하지 않았으므로 상심한 채, 어두운 거리로 던져 버렸던 것만 같다. 물론 그 장미들은 훔친 것이었다. 하지만 누가 그걸 알았으랴? 목수 키딜렌의 딸도, 금발의 마르타도. 그리고 그들 중 누구라도 그 훔친 장미를 원했다면 나는 기꺼이 그녀에게 백 송이 장미를 더 안겨 주었을 것이다.

꿈

그것은 늘 같은 꿈이다.
붉게 꽃피는 마로니에
여름 꽃이 만발한 정원
그 앞에 외로이 낡은 집 한 채.

거기, 고요한 정원이 있는 곳에서
내 어머니는 나를 요람에 뉘었다.
아마도 — 그건 너무 오래전이다 —
정원과 집과 나무는 이제 없어졌을지도 모른다.

어쩌면 지금은 풀밭이 되었을지도 모르고
쟁기나 써레가 밀고 지나갔을지도 모르고
고향, 정원, 집, 나무는
내 꿈속에만 있을지도 모른다.

복숭아나무

어젯밤에는 푄 바람이 강하고 무자비하게, 인내하는 대지와 빈 들과 정원들, 그리고 바싹 마른 포도 덩굴과 여윈 숲 위로 불어제치면서, 나뭇가지와 둥치들을 휘게 하고, 장애물들 앞에서 쉭쉭거리며 울부짖고, 무화과나무의 붉어진 마디에 부딪치고, 말라 비틀어진 나뭇잎들을 구름처럼 높이 소용돌이쳐 올렸다. 오늘 아침, 푄에 시달린 나뭇잎들은 구석마다, 그리고 바람을 막아 주는 담벼락 앞에 굴종하듯이 무더기를 이루고 있었다.

내가 정원에 나갔을 때 불행한 일은 벌써 일어나 있었다. 내 복숭아나무들 중에서 가장 큰 놈이, 밑동째 부러진 채 포도원의 가파른 비탈 위에 나자빠져 있었다. 복숭아나무들은 아주 오래 살지도 않고, 크고 영웅다운 나무도 아니다. 그들은 연약하고 병에 잘 걸리며 상처에 지나치게 예민한데, 어쩐지 복숭아나무의 수액에는 지나친 보호 아래 자라난 유약한 귀족의 피가 흐르는 것 같다. 그 쓰러진 나무는 특별히 기품 있고 아름답지는 않았지만, 내 복숭아나무들 중에서 가장 컸으며, 나보다 더 오래 이곳에 터를 잡고 살아온 친구였다. 매년 3월 중순이면 나무는 꽃봉오리를 맺었으며, 분홍빛으로 피어나는 거품 같은 왕관을, 날이 좋을 때면 파란 하늘을 배경으로 화사하게, 비 오는 날이면 흐린 하늘 위로 더없이 부드럽게 돋우워 보였다. 나무는 아직 선선한 4월의 변덕스러운 바람에 그네를 탔고, 그 주위로 노랑나비들이 황금빛 불꽃처럼 날아다녔다. 또 나무는 성난 뭍 바람에 대항해서 꿋꿋이 버텼고, 우기에 축축한 잿빛 나날이 계속될 때면 조용히 꿈꾸듯이 서서, 자기 발치 포도밭 비탈의 풀들이 하루하루 윤기 나는 초록빛을 더해 가는 광경을 몸을 구부린 채 내려다보았다. 가끔 나는 꽃이 핀 그 나무의 작은 가지를 꺾어서 내 방으로 가지고 들어오기도 했고, 매달린 열매가 무거워지기 시작할 때면 막대기로 지탱해 주기도 했으며, 한때는 감히 꽃이 만발한 그 나무를 그려 본 적도 있었다. 사시사철 나무는 거기 서 있었고, 내 작은 세상 안에 자리를 잡은 채 그 안에 속해 있었다. 더위와 눈과 폭풍우와 고요를 함께 겪었으며, 그의 소리는 노래가, 그의 울림은 그림이 되었다. 시간이 지남에 따라 나무는 포도덩굴을 지탱하는 말뚝 위로 자라올랐고, 도마뱀이며 뱀, 나비, 새 들이 대를 이어 나무 주위를 맴돌았다. 그 나무는 그다지 훌륭하지도, 그렇게 눈길을 끌지도 않았으나, 없어서는 안 되는 존재였다. 복숭아가 익어 갈 무렵이면 매일 아침 나는 정원 계단으로 이어진 길 옆으로 빠져서 잠깐씩 그 나무에게로 갔다. 나는 밤사이 떨어진 복숭아를 젖은 풀밭에서 주워 올려 주머니에 넣기도 하고, 바구니나 모자에 담아 집 안으로 가져온 뒤 테라스 난간 위에 햇볕을 받게끔 늘어놓기도 했다.

이제 그 오랜 친구가 살던 곳에 구덩이가 생겼고 그 작은 세상에는 균열이 갔으며 그 틈새로 공허와 어둠과 죽음과 공포가 기웃거렸다. 부러진 밑동은 슬프게 누워 있었고 무르고 푸석푸석해 보였으며 가지들은 쓰러지면서 온통 부러져 있었다. 아마도 두 주쯤 더 버텼다면 그 가지들은 다시금 분홍빛 봄 왕관을 파란 하늘과 잿빛 하늘을 배경으로 한껏 뽐냈을 텐데. 이제 다시는 그 나무의 가지나 열매를 꺾을 수 없게 되었고, 독특하고 경탄스러운 가지들의 구조를 그대로 그려 볼 수도 없게 되었으며, 다시는 더운 여름날 그 나무에게로 건너가 그의 옅은 그늘에서 잠시 쉴 수도 없으리라. 나는 정원사 로렌초를 불러서 쓰러진 나무를 헛간으로 옮기게 했다. 언젠가 비가 오고 다른 할 일이 없을 때 그 나무는 땔감으로 패질 터다. 안된 마음으로 나는 눈으로 나무를 좇았다. 아, 나무들도 죽어 버리며, 어느 날 갑자기 떠나 버리고, 커다란 어둠 속으로 사라져 버릴 수 있음을 믿어야만 한단 말인가!

나는 나무 밑동을 힘겹게 끌고 가는 로렌초를 바라보았다. 내 사랑하는 복숭아나무여, 잘 가시게나! 하지만 너는 적어도 자연스럽고 적당하고 무리 없는 죽음을 맞았으므로 나는 네게 행복하다고 감히 말할 수 있다. 너는 견딜 수 있을 때까지 버텼으며 강한 적이 네 사지를 뒤틀 때까지 견뎌 내지 않았는가! 너는 굴복할 수밖에 없었고 쓰러졌으며 네 뿌리로부터 절단되고 말았다. 하지만 너는 공중 폭격으로 산산조각 나지도 않았으며 지독한 산(酸)으로 태워지지도 않았고, 다른 수많은 나무들처럼 고향 땅에서 뽑혀 피를 흘리는 뿌리가 다시 낯선 곳에 심겨 고향을 잃어버리지도 않았다. 너는 몰락이나 파괴나 전쟁이나 능욕을 겪고 비참하게 죽어 가야 하지도 않았다. 너도 네 동아리들이 지닌, 그들에게 적합한 숙명을 가졌을 뿐이다. 내가 너를 행복하다고 여기는 또 다른 이유는, 네가 우리보다 아름답고 훌륭하게 나이 들었고 기품 있게 죽어 갔기 때문이다. 우리는 늘그막에 오염된 세상의 독과 비참함으로부터 스스로를 보호해야 하고, 깨끗한 공기를 마시기 위해 싸워야만 한다.

그 나무가 쓰러져 있는 모습을 보면서 나는 그런 손실을 경험했을 때 늘 그러듯이 대체물, 곧 새 나무를 심어야겠다고 생각했다. 우선 쓰러진 나무 자리에 구덩이를 팔 테고, 한동안 대기와 비와 햇빛에 열어 놓은 채로 놔두리라. 어느 정도 시간이 흐르면 음식 찌꺼기나 뽑아낸 잡초 무더기, 나무 태운 재 따위를 집어넣을 것이며, 어느 날인가, 되도록이면 따뜻한 비가 오는 날, 우리는 새 묘목을 심겠지. 여기 땅과 대기는 그 아기 나무에게도 어느 정도 마음에 들 테고, 또 포도밭과 꽃, 도마뱀, 새와 나비 들에게 친구며 좋은 이웃이 될 것이다. 몇 년 동안 열매를 맺을 테고 매년 봄, 3월 중순부터 말까지 사랑스러운 꽃을 피우겠고, 언젠가 가혹한 운명이 그를 원하면 늙고 지친 채 폭풍우나 산사태, 폭설에 희생되겠지.

그러나 이번에 나는 새 나무를 심겠노라 쉬이 결정을 내릴 수가 없었다. 내 평생 꽤 많은 나무를 심었다. 한 그루쯤 덜 심더라도 그만이겠지. 그런데 내 안에서 무엇인가가, 여기 또 다시 그 순환을 새롭게 하고, 삶의 바퀴를 새로 굴리게 하며, 그 먹성 좋은 죽음에게 새로운 노획물을 키워 바치는 일을 거부하고 있었다. 그러고 싶지 않았다. 그 자리는 비어 있어야 한다.

만개

꽃을 가득 이고 복숭아나무가 서 있다.
모든 꽃이 다 열매를 맺지는 않지만
꽃은 장밋빛 거품처럼 밝게 어른거린다
푸르름과 흐르는 구름 사이로.

꽃들처럼 생각은 하루에
백 가지도 넘게 피어난다 —
꽃피게 놔둬! 그냥 그렇게 놔둬!
이해득실을 묻지 말고!

사유는 유희이고 순수해야 한다
그리고 꽃처럼 만발해야 한다,
그렇지 않으면 이 세상은 우리에게 너무 작지.
그리고 사는 데 즐거움이 없지.

페터 카멘친트

나는 고원의 초지와 비탈을, 풀과 꽃, 양치류 식물과 이끼
로 뒤덮인 흙냄새 풍기는 바위 틈새를 보았는데, 옛날 그 고장
사람들은 그들에게 기이하고도 예감으로 가득 찬 이름을 붙
여 주었다. 산의 아들과 딸이며 손자인 그들은 각자의 장소에
서 다채롭고 겸허하게 살고 있었다. 나는 그들을 만져 보고 들
여다보고 냄새를 맡으며 그들의 이름을 알아 갔다. 참으로, 그
리고 깊이 나를 감동시킨 것은 나무들의 모습이었다. 나는 나
무들 각자가 스스로의 고립된 삶을 살고, 고유한 모습과 우듬
지를 만들고, 그들 특유의 그늘을 드리우는 모습을 보았다. 그
나무들은 내게 마치 산과 가까이 어우러져 사는 은자나 전사
로 보였다. 왜냐하면 나무는 모두, 특히 높은 산에 사는 나무
들은 그들의 존속과 성장을 위해 바람과 날씨와 암석과 조용
하고도 끈질긴 싸움을 해 왔기 때문이다. 나무는 저마다 져야
할 짐이 있었고 자신을 지켜야 했다. 그러기에 그들은 자기 고
유의 모습과 특유의 상처를 지니고 있었다. 폭풍 때문에 오직
한쪽 방향의 가지들만 가지게 된 소나무들이 있었는가 하면,

붉은 밑동이 그 위로 튀어나온 바위를 감싸듯이 뱀처럼 구부
러져서 바위와 함께, 서로에게 의지한 채 서 있는 소나무들도
있었다. 그들은 마치 전사들처럼 나를 응시했고, 내 가슴속에
두려움과 외경심을 불러일으켰다.

자작나무

한 시인의 꿈의 덩굴도
더 곱게 가지를 치지 못하고
더 가볍게 바람에 스러지지 못하고
더 우아하게 푸른 하늘로 솟지 못하리.

부드러이, 젊고 가냘픈
너는 밝고 긴 가지를,
두려움을 감춘 채
생기 있게 미풍에 걸친다.

소리 없이 흔들리면서
가늘게 전율하는 너는
내게 정겹도록 순수한
첫사랑처럼 보이려 하느냐.

마로니에 숲의 5월

남쪽 알프스 산지는 5월 초순인 지금, 그 이후로는 늦가을에 가장 아름답다. 여름 동안은 모든 언덕과 낮은 산들이 숲으로 뒤덮인다. 그러면 주위는 온통 초록 일색이라서 만약 여기저기로 알록달록하게 빛나는 마을들이 없고 멀리 눈 덮인 산들이 풍경 속으로 들어오지 않는다면 거의 지루할 지경이다. 거기에 견주어, 마로니에 가지에 잎이 돋기 시작하고, 온 숲이 아직 살포시 들여다보이고, 마지막 야생 버찌의 꽃이 지고 첫 아카시아 꽃이 피기 시작하는 5월의 남알프스 숲은 신선하고, 붉은 기가 도는 초록빛으로 황홀하다. 그 초록은 아직 옅고 부유하는 듯하므로, 하늘과 별들과 먼 산지들이 아직 숲 속을 내려다볼 수 있다.

이맘때면 숲의 왕은 뻐꾸기다. 고요하고 쓸쓸한 골짜기며 햇볕 드는 산봉우리며 그늘진 협곡 어디에서든 우리는 뻐꾸기가 낮은 소리로 구애하는 노래를 듣는다. 그의 울음은 봄을 뜻하고 그의 노래는 영생을 찬미한다. 우리가 그의 나이를 묻는 까닭은 그런 연유에서다. 그의 울음소리는 따뜻하고 깊게 숲속에 울려 퍼진다. 여기 남알프스에서 듣는 뻐꾸기 울음소리는, 옛날 내 어린 시절 슈바르츠발트와 라인 계곡에서 듣던 것과 다르지 않으며, 한때 몇 해 동안 보덴 호숫가에서 살 때 나의 어린 아들들이 처음으로 들었던 뻐꾸기 울음소리와도 다르지 않다. 그 소리는 햇빛처럼, 숲처럼, 어린 나뭇잎의 초록빛처럼 그리고 흘러가는 5월 구름의 흰빛과 보랏빛처럼 그대로 남았다. 뻐꾸기는 해마다 울지만, 아무도 그 소리의 주인이 지난해에 우짖던 뻐꾸기인지는 모른다. 그리고 우리가 어릴 때 또는 소년 시절과 청년 시절에 마주친 뻐꾸기들이 어떻게 되었는지도 아무도 모른다.

한때는 이 우아하고 깊은 울음소리가 약속과 미래처럼, 마치 구혼처럼, 운명에 거스르는 폭풍의 예고처럼 들렸는데, 이제는 과거의 메아리 같다. 뻐꾸기로서는 자신들의 경고가, 우리 아니면 벌써 우리의 자녀와 손자 들에게 향하든, 혹은 그 소리가 우리를 요람에서 깨우든, 아니면 우리 무덤 위에서 울려 퍼지든 아무 상관이 없다. 우리는 수줍은 형제인 뻐꾸기를 눈으로 보기 힘들다. 그 사실만으로도 나는 그를 좋아한다. 그는 자기를 쉽게 내보이지 않고, 홀로 있으려 한다. 거의 모든 사람들에게 뻐꾸기는 단지 숲에서 우는 아름답고 깊고 유혹하는 울음소리에 지나지 않는다. 사람들은 그 울음소리를 수천 번도 더 들었으나 한 번도 뻐꾸기를 본 적이 없다. 나는 어제 열두어 살 되어 보이는 한 무리의 중학생들한테 뻐꾸기를 본 적이 있느냐고 물어보았는데 단 한 아이만이 그렇다고 대답했다.

하지만 나는, 보통 눈에 잘 띄지 않으면서, 황홀하도록 신선하고 유래를 모르는 이야기를 들려주는 그 수줍은 형제를,

나의 행복한 숲의 사촌을 자주 보았다. 그는 모습을 감춘 채 두달 동안 숲의 왕으로서 온 숲을 지배한다. 당당하고 대담한 사랑의 전령인 그는 결혼과 고향, 어린아이 키우는 일에는 그다지 관심이 없다. 울어라, 뻐꾸기 형제여, 너는 내가 가장 좋아하는 짐승들 가운데 하나다. 물론 나는 모든 짐승을 다 좋아하기는 한다. 나 스스로 육식 동물에 속하지만 나는 모든 짐승들과 잘 지내고, 많은 짐승들, 수줍고 잘 알려지지 않은 짐승들에게서도 기쁨을 얻는다. 작고 겁이 많지만 저돌적이기도 한 고원 지대의 여우[1]조차 나를 피하지 않았다. 근래에 나는 운 좋게도 다시 한 번 뻐꾸기를 보았는데, 한 마리가 아니고 암컷과 수컷 한 쌍이었다. 나는 어느 작은 골짜기 밑에서 봄 꽃들을 꺾다가 그들을 보았고, 말라 죽은 나무처럼 한참을 가만히 서 있었으므로 그들은 나를 눈치채지 못했다. 그들은 유희하듯이 높은 나무 우듬지로 오르락내리락하며 서로를 쫓고 (거기 마로니에 숲에는 키 큰 물푸레나무들도 간간이 있다.) 환호하는 꽃밭 속을 즐겁고 유연하게 스쳐 갔다. 날개를 활짝 편 그 크고 어두운 빛깔의 새들은 나무와 나무 사이를 휙휙 소리 내며 날아다녔다. 늘 놀라우리만치 급작스럽고 거칠게 방향을 바꾸며, 갑자기 땅으로 내리꽂히기도 하고 나무 꼭대기로 로켓처럼 솟아오르기도 하면서, 일 초마저 앉지 않은 채 매 순간 날아오르며 울음을 토해 냈다.

뻐꾸기를 가까이서 볼 수 있었던 행운은 내 생의 해마다 있었던 일은 아니다. 모두 헤아려 봐야 기껏 열두어 번 정도일까. 그리고 이제 나는 뻐꾸기를 더 이상 자주 만날 수 없을 터

---

1   헤르만 헤세가 알고 지내던 잡지 편집자에 대한 암시이다.

다. 내 다리는 예전 같지 않다. 머지않아 수줍은 형제인 뻐꾸기는 내 아들들과 손자들에게만 노래를 들려주게 되리라. 손자들아, 뻐꾸기에게 귀를 기울여라. 그는 아는 게 많으니 그에게서 배우도록 해라! 대담하면서 기쁨에 떠는 봄의 비상과, 구애하는 따뜻한 유혹의 부름. 정처 없는 방랑 생활, 그리고 고원 지대의 여유를 포함한 속물들을 멀리하는 지혜를 배우도록 해라!

나는 날마다 몇 시간을 숲에서 보낸다. 벌써 아네모네와 아르니카 곁에 감야로, 은방울꽃, 얼룩무늬 난초도 꽃을 피우고 있다. 나는 가끔 숲에서 그림을 그리고, 또 가끔 풀숲에 누워 잠을 자든지 책을 읽는다. 이 아름다운 날들, 봄의 양식으로서, 나는 출판사들이 내게 부려 놓은 책 무더기 가운데서 몇몇 금싸라기를 골라냈고, 종종 이 책들 중 내가 좋아하는 한 권을 은방울꽃이나 난초나 뻐꾸기에게 갈 때 가져간다.

그 가운데, 베를린의 출판사 '디 슈미데'에서 독일어판으로 펴낸 마르셀 프루스트의 『꽃핀 소녀들의 그늘에서』가 있다. 드디어 독일에서 프루스트가 관심을 끌기 시작하던 삼 년 전만 해도, 우리 비평가들은 마치 땅에 묻혀 있는 보물에 대해 얘기하듯이 그를 은밀하고 조심스럽게 다루었다. 요즈음 비평가들은 벌써 그를 등한시하며, 이류 감정을 지닌 병약하고 신경 쇠약에 걸린 사람이라 평하고 있다. 그들 헛바닥에 곰팡이가 슬기를! 나는 그들에게 악마를 선사하는 한편, 이 섬세한 시인의 혼이 깃든 아름다운 직조물, 그토록 따뜻하고 화려하고 사랑스러운 작품이 있음을 기뻐한다. 그러나 그 시인은 이미 오래전부터 뻐꾸기의 울음소리를 듣지 못한다.

나는 베를린의 '말릭' 출판사에서 여덟 권으로 출간한 시인 고리키의 아름다운 전집에 수록된 몇몇 단편 소설들도 다시 읽었다. 나는 고리키를, 그가 프롤레타리아 출신이기 때문에 좋아하는 것도 아니고, 그의 아름답고 고상한 사유 방식 때문에 좋아하는 것도 아니다. ── 그런 것들은 시인이 아니고서도 가질 수 있다. 오직 위대한 시인만이 할 수 있는 것, 즉 고리키가 가슴 아프고 애달픈 표현들로 그려 내는 잊지 못할 몇몇 이미지들 때문에 나는 그를 좋아한다.

바로 그다음으로 나는 프란스 마세릴의 그림책을 들겠다. 뮌헨의 출판사 '쿠어트 볼프'는 이제 그 책들의 일부분을 작고 싼 보급판으로 찍어 냈다. 『내 시간의 책』 또는 『태양』 등은, 우리 시대와 인류의 고난과 희열을, 수천의 문학 작품이나 서술보다도 훨씬 생생하고 진솔하게 증언한다. 그 그림책들의 비약, 기쁜 열정, 신중함, 경고는 글이 영향력을 미칠 수 없는 수많은 사람들에게 설득력을 갖는다. 어떤 예술가도 우리 시대의 삶의 감각을 그렇게 강하고 누구나 이해할 수 있도록 표현하지 못한다.

빛나는 단편 소설 하나를 나는 체스터튼의 책 『하늘에서 온 화살』에서 찾는다.(베를린의 출판사 '디 슈미데'의 독일어판.) 체스터튼은 굉장한 인물이다. 그를 만나는 일은 늘 즐겁다. 하지만 그런 인물이 시시한 농담이나 하고 있음은 조금 아쉽다. 그게 일을 쉬는 동안의 심심풀이에 불과하기를!

가끔씩 나는 폴가의 짧은 산문들 몇 쪽을 읽기도 하는데, 자그마한 책자 속의 그 산문들은 부담스럽지 않게 즐길 수 있고 좋은 내용으로 가득하다. 그의 새 책 『위로부터의 오케스트라』가 베를린의 '로볼트' 출판사에서 나왔다.

나는 이틀 동안 오후를, 오래되고 아직은 잎이 돋지 않은 마로니에나무 아래의 이끼 낀 풀밭에서 『예술에 관한 예술가들의 편지』를 읽으며 보냈다. 우데베르네이가 엮은 이 책은 오백 년 동안 화가들과 다른 예술가들의 편지들을 모아 놓은 것인데, 오백 년 가운데서 당연히 19세기가 가장 큰 몫을 차지한다.('볼프강 예스' 출판사, 드레스덴.) 나는 예술가들의 회고로 가득한 이 아름다운 책을, 파리로 첫 여행을 떠나는 한 젊은 화가에게 길동무로 선사할 계획이다.

아직 프란츠 카프카의 『성』이 남아 있다. 깊고 마력적인 유희로 가득한 이 소설은, 이 인정받지 못한 시인의 유산 중 하나다.('쿠어트 볼프' 출판사, 뮌헨.) 아직 독일에는 한 문학 작품을 음미하면서 정당하게 평가할 능력이 있는 사람들이 몇몇 남아 있으리라. 글쎄 그것은 단지 전설이 되어 버렸을지도 모르나, 나는 이 전설적인 부류의 사람들에게, 카프카의 『성』에서 진짜 보석을 찾게 되리라고 약속하겠다. 몇몇 참된 독자들이 정말 아직도 있다면, 그들은 이 소설에서 마술과 순수한 꿈의 논리로 복잡하게 얽힌 꿈속의 관계들을 찾게 될 뿐 아니라, 비할 데 없이 정연하고 엄격한 독일 산문의 한 예를 마주하게 되리라.

머지않아 이곳에 여름이 올 것이다. 곧 숲은 짙은 초록으로 어우러져 자랄 것이고, 숲의 빈터에서는 가늘고 여린 풀들이 솟아오를 테며, 밤이면 활공하는 부엉이의 울음을 들으리라. 부엉이는 내가 뻐꾸기 못지않게 귀하게 여기는 새다. 그도 수줍고 눈에 잘 띄지 않는다. 그리고 부엉이는 구름처럼 부드럽고 꿈속처럼 소리 없이 비행할 줄 안다. 그뿐만 아니라 그는 날카롭고 단단한 송곳니와 부리로 사냥을 하며, 숱한 다른 동물들보다 영리하다. 곧 여름이 된다. 새로운 소리들과 새로운 향기들과 새로운 빛깔들이 숲을 채우리라. 지금 초록빛으로 땅에서 막 움튼 작은 풀들이 이내 자라나서 뻣뻣해지고, 흙빛으로 변해 가리라. 그리고 뻐꾸기도 울음을 그칠 것이다, 그조차. 그러고는 단지 태양과 별들만이 여전히 비칠 것이며, 늘 그렇듯이 편집자들은 훌륭한 책들을 보내올 것이다.

슈바르츠발트

기이하게 아름다운 언덕의 맥
어두운 산들, 밝은 고원의 풀밭
붉은 바위, 갈색의 협곡들
소나무 그늘의 범람!

외로운 탑 위로
나뭇잎 살랑대는 부드러운 경보가
소나무 가지 휘어대는 소리와 섞이면
나는 오래도록 귀 기울여 들을 수 있다.

그러면, 밤에 벽난로 가에서
읽었던 전설처럼
여기에서 살았던
나날의 기억이 나를 사로잡는다.

먼 곳은 더 우아하고 부드럽게
소나무 숲으로 둘린 산들은
더 환희에 차고 풍요롭게
소년 시절 나의 눈에 빛났다.

회오리바람

저 너머로 오래된 여인숙 한 채가 외로이 서 있었는데 나는 그 집 지붕을 멀리서도 알아보았다. 그 집은 전과 같이 서 있었으나, 어쩐지 달라 보였다. 나는 처음에 그 이유를 몰랐다. 한동안 잘 생각해 본 뒤에야, 비로소 예전에 그 여인숙 앞으로 키 큰 포플러나무 두 그루가 서 있었던 사실이 떠올랐다. 그 포플러나무들은 이제 거기에 없었다. 아주 오랫동안 친숙하던 광경이 파괴되었고, 좋아하던 장소가 모욕받았다.

그때 내게 불길한 예감이 들었다. 어쩌면 더 많은 것들이, 그리고 더 중요한 것들이 훼손되었을지도 모른다. 갑자기 가슴을 짓누르는 새로운 사실을 접하면서, 내가 얼마나 내 고향을 사랑하는지, 내 마음과 행복이 얼마나 깊이 이 지붕들, 탑들, 다리와 골목 들, 나무들, 정원과 숲 들에 의존하고 있었는지를 깨달았다. 새로운 흥분과 걱정으로, 나는 급히 달음질쳐 축제가 열리곤 했던 장소까지 갔다.

거기 나는 말을 잃고 서서, 가장 사랑하는 추억들이 담긴 자리가 파괴되어 이루 말할 수 없이 황폐해진 모습을 보았다.

우리가 잔치를 벌이도록 그늘을 주던 마로니에들, 아직 초등학교에 다니던 우리들 서넛이 손을 맞잡아도 겨우 밑동을 감싸 안을까 말까 했던 그 오래된 마로니에들은, 부러지고 갈라져서 바닥에 나동그라져 있었고, 나무뿌리가 뽑힌 땅에는 집채만 한 구덩이들만이 입을 벌리고 있었다. 한 그루도 제자리에 서 있지 않았다. 그곳은 끔찍한 전장이었다. 보리수도 단풍나무들도 하나같이 쓰러져 있었다. 그 근처는 흩어진 가지들과 갈라진 밑동과 뿌리 들, 그리고 흙덩이들이 더미를 이루고 있었다. 굵은 밑동들은 아직 땅에 박혀 있었으나 그 위쪽 나무는 꺾이고 비틀려 희고 헐벗은 파편들로 부서져서 온데간데 없었다.

거리와 광장에는 이리저리 내던져진 나무 밑동과 부러진 가지들이 산더미처럼 쌓여 있어서 앞으로 걸어 나갈 수가 없었다. 내가 어려서부터 오로지 깊고 성스러운 그늘과 높은 나무 사원들만을 보아 왔던 자리에는 빈 하늘이 파괴의 현장을 응시하고 있었다.

나는 마치 내 자신의 모든 내밀한 뿌리들이 뽑혀 나간 듯한, 무자비하게 찢긴 하루 속으로 내뱉어진 느낌이었다. 여러 날 동안 나는 이리저리 걸어 다녔으나, 숲길이며 친근하던 호두나무 그늘이며 어려서 기어오르던 떡갈나무 등은 하나도 찾아볼 수 없었고, 도시 주변으로 멀리까지 어디나 오직 파편들과 구덩이들, 풀을 베어 놓은 듯 꺾인 산등성이의 나무들, 그리고 벌거벗긴 뿌리를 하늘로 향한 채 신음하는 나무 시체들만이 있었다. 나와 나의 어린 시절 사이에 깊은 계곡이 생겨났고, 내 고향은 예전의 그곳이 아니었다. 지난 세월의 사랑스러움과 어리석음이 내게서 떨어져 나갔다. 나는 곧바로 그 도시를 떠났다. 인간이 되기 위해, 그리고 그때 나를 스치고 지나가며 첫 그늘을 드리운 삶을 계속 살아가기 위해.

어느 날의 일기

집 뒤 언덕배기에 나는 오늘
덩어리진 뿌리들과 돌투성이의 땅을
깎고 부수어서 구덩이 하나를 깊이 팠다.
그리고 그 구덩이로부터 돌을 하나하나 골라냈고 또한
푸석푸석한 흙도 치워 냈다.
그러고는 한 시간 동안 여기저기 무릎을 꿇고
그 오래된 숲에서 모종삽과 손으로
마로니에 밑둥치가 썩어 생긴
그 검고 버슬버슬한,
따뜻한 버섯 냄새가 나는 숲 흙을
두 양동이 가득 모아서, 그리로 날랐다.
그리고 그 구덩이에 나무를 한 그루 심었다.
나무 주위로 정성껏 이탄질의 흙을 감싸 주었고,
햇빛에 따듯해진 물을 살살 부어 주며
뿌리를 씻어 주고 진흙으로 조심스레 메워 주었다.
작고 어린 그는 거기 서 있다, 그리고 거기 서 있을 것이다
우리가 다 사라진 뒤에도, 우리 날들의
소란스러운 위대함과 끊임없는 고난이
그리고 굉장한 두려움이 다 잊힌 뒤에도.
알프스의 열풍은 그를 휘게 하고,
비바람은 그를 흔들어 댈 것이다
햇님은 그에게 미소 짓고,

축축한 눈은 그를 내리누를 것이다
검은 방울새와 딱따구리가 깃들어 살고,
그의 발치에는 벙어리 고슴도치가 땅을 팔 것이다.
그리고 그가 일찍이 겪고 맛보고 견뎌 낸 것들,
세월의 흐름에 따라 변천하는 동물의 세대,
억압, 치유, 바람과 해의 우애
이 모든 것들은 매일, 속살대는 나뭇잎의 노래로
부드럽게 흔들리는 나무 꼭대기의 친근한 몸짓으로
잠에 빠져 몸을 움츠린 꽃봉오리를 축이는
수액의 아릿하고 달콤한 향내로
스스로 만족스레 유희하는
영원한 빛과 그늘의 유희로, 그로부터 흘러나오리라.

보리수꽃

이제 다시 보리수가 꽃피우는 때이다. 날이 어둑어둑해지기 시작하고 힘든 일들이 다 끝난 저녁 무렵이면 아낙들과 처녀들은 보리수 주변으로 밀려와 사다리를 타고 나무 위로 올라가서 바구니 하나 가득 보리수꽃을 딴다. 그들은 그 꽃으로 나중에 누군가 아프거나 어려움에 부딪칠 때 약이 되는 차를 만든다. 그들이 옳다. 왜 이 환상적인 계절의 온기와 햇빛과 기쁨과 향기가 쓸모없이 사라져야 하겠는가? 왜 그것이 깃든 꽃을 집으로 가져가서 훗날 춥고 험한 때 그것으로부터 위로를 받아서는 안 된단 말인가?

모든 아름다운 것들을 한 주머니씩 가득 모아서 아쉬울 때를 위해 보관해 둘 수만 있다면! 하지만 인공적인 향기를 가진 조화들이나 그럴 수 있겠지. 세상의 충만함은 날마다 속살대며 우리 곁을 흘러 지나간다. 매일매일 꽃들은 피고 햇살은 비치며 기쁨은 미소 짓는다. 종종 우리는 감사하며 그것들을 실컷 들이마시고, 또 때로는 피곤하고 짜증이 나서 그런 것들에 관심을 잃는다. 그러나 우리 주위는 늘 아름다운 것들로

넘쳐 난다. 기쁨은 그냥 그렇게 오고 대가를 지불하지 않아도 되니 정녕 근사하지 않은가! 기쁨은 자유롭고, 보리수꽃의 번지는 향기처럼 누구에게나 주어진 신의 선물이다. 가지 위에 쭈그리고서 부지런히 꽃을 모으는 아낙들은 훗날 숨 가쁠 때나 열날 때 마시는 차를 만들 수는 있지만, 그 꽃이 지닌 최상의 것, 그 정수는 얻지 못한다. 그것은, 여름밤 달콤하고 몽롱한 도취에 빠져 산책하는 연인들도 모른다. 그러나 그리로 지나가며 깊이 숨을 들이쉬는 나그네는 그것을 누린다. 나그네는 모든 향유의 정수를 안다. 왜냐하면 그는 모든 기쁨을 즐기는 한편, 그것의 덧없음을 알기 때문이다. 그에게는 모든 샘에서 물을 마실 수 없다는 사실이 달리 상관없으며, 그는 어디나 풍요로움이 있음을 잘 안다. 그래서 잃어버린 것에 오래 연연하지 않고, 한때 잘 지냈던 곳에 바로 뿌리를 내리려는 욕망에 시달리지 않는다. 해마다 같은 곳으로 여행하는 사람들이 있는가 하면, 어떤 아름다운 곳을 떠나야 할 때 꼭 다시 돌아오리라 결심하는 사람들도 있다. 그들은 선한 사람들이겠으나 참된 나그네는 못 된다. 그들은 연인들의 몽롱한 도취나 보리수꽃을 따 모으는 아낙들의 배려 깊은 마음을 가졌을 것이다. 그러나 조용하고, 참으로 기뻐하며 늘 작별을 고할 줄 아는 방랑 정신은 갖고 있지 않다.

어제 이곳을 한 떠돌이 장인이 지나갔는데, 걸인처럼 홀가분한 그는 꽃을 따 모으는 사람들과 마을 사람들한테 빈정대듯이 인사를 했다. 그는 보리수나무에서 여자들이 꽃을 따는 모습을 보자 나무에 기대 놓은 사다리를 치우고 가 버렸는데, 내가 여자들에게 사다리를 다시 대 주고 그들의 욕지거리를 가라앉히느라 곤란했음에도 불구하고, 나는 그 나그네가

마음에 들었다.

오, 너희들 떠도는 젊은이들이여, 유쾌한 탕아들이여, 내가 비록 너희에게 5페니히밖에 적선해 주지 못했을지라도 나는 너희 모두를 존경과 경탄과 선망의 마음으로, 마치 왕을 보듯이 바라본다. 너희들 누구나, 방탕에 빠진 사람조차, 보이지 않는 왕관을 쓰고 있다. 너희는 모두 행복한 사람들이고 정복자들이다. 나도 한때는 너희와 같은 나그네였기에, 방랑과 타향의 맛을 안다. 그것은 향수와 궁핍, 불안에도 불구하고 아주 달콤하지. 온화한 여름 저녁 내내 오래된 나무에서 꿀처럼 달큼한 향내가 흘러나와 길을 따라 흐른다. 어린애들은 저 아래 강변에서 노래하고, 빨강 노랑 종이로 만든 풍차를 가지고 논다. 연인들은 산울타리 곁으로 천천히, 한가롭게 산책하고, 길거리의 붉은 금빛 먼지 사이로는 벌과 뒝벌들이 황홀한 원을 그리며 황금색 울림으로 윙윙거린다.

참으로 나는 연인들의 달콤하고 몽롱한 도취를 부러워하지도, 뛰노는 아이들의 해명할 필요 없는 열락이나, 비틀거리며 나는 벌 떼를 시샘하지도 않는다. 오직 떠도는 젊은이들이 부러울 뿐이다. 그들은 모든 것의 향기와 꽃을 향유한다.

다시 한 번 젊고, 경험 없고, 매인 데 없이 대담하고, 호기심에 가득 차서 세상을 돌아다녀 봤으면! 길가에 앉아 버찌로 주린 배를 채우고, 갈림길에 이르러서는 오른쪽으로 갈지, 왼쪽으로 갈지를 웃옷 단추의 개수로 정해 봤으면! 다시 한 번 짧고 온화하고 향기로 가득한 여름밤에 들판의 건초 더미에서 늘어지게 자 보았으면! 다시 한 번 여행길에서 숲의 새들과 도마뱀이며 딱정벌레들이랑 조화롭게 지내봤으면! 그건 여름 한철과 새 신발창 몇 개의 가치가 있고말고. 하지만 그럴 수 없다. 지나간 노래를 부르고, 지난날의 지팡이를 다시 휘두르고, 옛날에 좋아하던 먼지투성이의 길을 가면서 다시 젊어진 척, 모든 것이 전과 같다고 상상하는 일은 무가치하다.

그래, 그건 지난 일이다. 내가 늙고 속물이 되어서가 아니다! 아, 나는 아마도 그 어느 때보다 어리숙하고 고삐가 풀려 있었지. 하지만 나는 영리한 사람들과 그들의 사업에 대해서는 여전히 방관자다. 나는 아직도, 충동적이던 청년 시절에 그랬던 것처럼, 내 안에서 삶의 목소리가 부르고 경고하는 것을 듣는다, 그리고 나는 그 소리를 배반하고 싶지 않다. 그러나 그 목소리는 나를 더 이상 방랑이나 친교, 햇불과 노래가 있는 주연으로 이끌지 않는다. 그 소리는 낮고 은근해졌으며, 나를 점점 더 외롭고 어둡고 조용한 길로 이끄는데, 그 길이 기쁨으로 끝날지 고뇌로 끝날지 알 수 없으나, 나는 그 길을 갈 것이고 가야만 한다.

젊었을 때 나는 지금 나이의 내 모습을 아주 달리 상상했었다. 그러나 여전히 기다리고 질문하며 불안해하고, 만족하기보다는 동경하는 게 더 많다. 보리수꽃이 향기롭다. 나그네들, 꽃 따는 아낙들, 아이들, 연인들은 모두 한 가지 법칙을 따르는 듯이 보이고, 스스로 해야 할 일이 무엇인지 아는 듯하다. 오직 나만이 무엇을 해야 할지 모른다. 단지 내가 아는 것은, 노는 아이들의 해명할 수 없는 열락도, 나그네의 느긋한 걸음도, 연인들의 몽롱한 도취도, 꽃 따는 아낙들의 배려 깊은 준비도 내 몫은 아니라는 사실이다. 내게 주어진 바는, 내 안에서 메아리치는 삶의 소리를 따르는 것이다, 비록 그 의미와 목적지를 모르더라도, 그리고 그 소리가 점점 나를 유쾌한 거리로부터 어둡고 모호한 곳으로 이끌지라도.

나그네의 안식처

얼마나 낯설고 별스러운가
단풍나무 그늘에 시원하게 가리운 채,
매일 밤 끊이지 않고
소리 없이 샘물이 흐르는 것은.

언제나 향기처럼
달빛이 산꼭대기에 누워 있는 것은,
그리고 서늘하고 어두운 대기 속을
구름이 떼 지어 나는 것은!

그 모두는 거기 있고 영속한다.
하지만 우리는 하룻밤을 쉬고
다시 길을 간다.
아무도 우리를 기억하지 않는다.

그러고는 아마 몇 해가 지나고 나서야
꿈속에서 그 샘이 떠오르리라.

그리고 대문과 박공들이 어땠는지.
그러나 지금은 아직 먼 얘기.
마치 고향의 예감처럼 그것은 빛난다,
그러나 단지 잠시 쉬어 가는 것에 불과하지

낯선 지붕 아래 낯선 가객,
그는 그 도시의 이름도 모른다.

얼마나 낯설고 별스러운가
단풍나무 그늘에 시원하게 가리운 채,
매일 밤 끊이지 않고
소리 없이 샘물이 흐르는 것은!

죽은 나무를 위한 애도

거의 십 년 전부터, 그 생경하고 거리낌 없던 전쟁이 끝나고 나서부터, 늘 내 동무가 되어 주고, 나와 지속적으로 친근한 교제를 나누는 상대는 더 이상 사람들이 아니었다. 내게 친구가 없지는 않다. 하지만 그들과의 교제는 특별한 일이 되었고 일상에서 멀어졌다. 가끔씩 그들이 나를 찾아오고, 가끔은 내가 그들을 찾아간다. 나는 다른 사람들과 늘 함께 지내는 습성을 버리고 혼자 산다. 그래서 사람들 대신에 물건들과의 사소하고 일상적인 교제가 점점 늘어나게 되었다. 내가 산책할 때 의지하는 지팡이, 우유를 마시는 컵, 내 책상 위의 꽃병, 과일이 담긴 쟁반, 재떨이, 초록색 갓을 씌운 등, 청동으로 된 인도의 크리슈나 상, 벽의 그림들, 그리고 마지막으로 가장 소중한, 넓지 않은 집 안의 벽들을 채우는 책들, 바로 그것들이, 내가 깨어날 때나 잠들 때, 밥 먹을 때, 일할 때, 좋은 날이나 궂은 날이나 내 동무가 되어 주고, 친근한 얼굴로 고향과 집의 아늑한 환상을 일깨워 준다.

그 밖에도 더 많은 물건들이 나의 신임을 받고 있다. 나는 그들의 모습과 촉감, 조용한 도움, 침묵의 언어를 좋아한다. 없어서는 안 되는 그 물건들 가운데 하나가 나를 떠나가 버리면, 이를테면 오래된 접시가 깨지든지 꽃병 하나가 떨어지든지 주머니칼이 사라지면, 그것은 내게 하나의 상실이므로 나는 그들에게 작별을 고하고 잠시 묵언하고 추도사를 바쳐야 한다.

오래되고 빛바랜 금장식 벽지가 발린 벽이 비스듬히 기울고, 천장 회반죽에 금이 많이 간 내 서재 또한 나의 동료이며 친구이다. 그 방은 아름답다. 내가 더 이상 그 방에 머물 수 없다면 틀림없이 상심하리라. 그 방에서 가장 아름다운 것은 작은 발코니에서 내다보이는 전망이다. 그 발코니에서는 산 마메테까지 이르는 루가노 호수와 그 주변의 만(灣)들이며 산들, 가깝고 먼 마을들이 내다보일 뿐만 아니라, 오래되고 조용하고 매혹적인 정원까지 내려다보이는데, 나는 그것을 가장 좋아한다. 그 정원에는 바람과 비에 휘고 오래되고 귀한 나무들이 있고, 좁고 급하게 경사진 테라스에는 아름답고 키 큰 종려나무며 풍만한 동백나무, 만병초, 목련 등이 있다. 또 주목, 붉은 잎의 너도밤나무, 인도산 버드나무, 크고 잎이 늘 푸른 여름목련도 자란다. 내 방의 전망과, 테라스, 이 덤불과 나무들은, 실내의 물건들보다 더 가깝게 나와 내 삶의 일부분을 이룬다. 실제로 그들은 내가 늘 만나는 친구들이며 이웃들이다. 나는 그들과 함께 살고, 그들은 내게 충실하며, 나는 그들을 신뢰한다. 내가 정원으로 시선을 던지면 그 정원은 내게, 낯선 사람의 감탄하는 시선 혹은 무덤덤한 눈빛에 답하는 것보다 훨씬 무한한 무언가를 준다. 왜냐하면 그 모습은 해를 거듭하면서 더욱, 낮과 밤의 시간마다, 철마다, 그리고 어떤 날씨에

든 다정하기 때문이다. 나는 나무의 꽃과 잎 들이 자라나고 죽어 가는 매 순간을 다 알고 있으며, 또 모두 내 친구이므로 나는 아무도 모르는 그들의 비밀을 안다. 내게 이 나무들 가운데 한 그루를 잃는 일은 친구를 하나 잃는 것과 같다.

그림을 그리다가, 글을 쓰다가, 또는 생각을 하거나 책을 읽다가 피곤해지면, 그 발코니와, 나무 우듬지가 보이는 전경을 찾는다. 그것은 나를 쉬게 한다. 여기서 며칠 전에, 나는 예이츠의 『신비의 장미』(헬러라우의 야콥 헤그너 번역)를, 이 근사한 책이 다 끝나 가는 것을 아쉬워하며 읽었다. 이 매혹적인 켈트족 이야기들은 이교도적이지만은 않은 옛 신비론으로 가득하고, 그리도 묘하고 어둡게 빛난다. 여기서 나는 요아힘 링엘나츠의 『한 예술가의 여행 편지』(로볼트 출판사)도 읽었는데, 그와 그의 유머는 나를 즐겁게 했다. 그의 유머는 전혀 화려하지 않지만, 즐거움과 곤경 사이에서 그리고 도취와 절망 사이에서 부유하는 진짜 유머다. 링엘나츠 형제여, 인사를 받으시라! 그리고 여기서 나는 가끔 한 삼십 분가량, 한스 리히트의 두 권짜리 『그리스 풍속사』(드레스덴의 아레츠 출판사)를 들춰 보기도 하는데, 거기에는 알 가치가 있고 부러워할 만한 그리스 사람들의 성생활이 경탄할 만한 그림들을 통해서 설명되어 있다.

정원은 봄의 한때면 동백꽃으로 불타는 듯 붉고, 여름에는 종려나무가 꽃을 피우며 여기저기 나무 위로 푸른 덩굴을 높이 드리운다. 한편, 별스러운 나무인 인도산 버드나무는 덩치가 작음에도 불구하고 아주 늙어 보이는데, 반년 동안 추위에 떨다가, 늦게야 잎을 내서 8월 중순 무렵 꽃을 피우기 시작한다.

그러나 이 모든 초목 가운데서 가장 아름다운 나무는 이제 거기 없다. 그 나무는 며칠 전 폭풍에 쓰러졌다. 나는 그 나무가 쓰러져 있는 모습을 본다. 밑동이 꺾이고 손상된, 육중하고 늙은 거인은 여전히 거기 쓰러진 채로 있고, 나는 그가 서 있던 곳에 자리한 크고 넓은 빈 공간을 본다. 그곳으로 먼 마로니에 숲이며 여태까지 보이지 않던 몇몇 오두막집들이 기웃거린다.

그것은 유다나무였다. 예수를 배반한 유다가 그 나무에 목을 매달았다며 유다나무가 되었다지만, 그것에서 그런 음울한 유래는 결코 찾아볼 수 없었다. 그는 이 정원에서 가장 아름다운 나무였다. 내가 몇 년 전에 여기 이 집을 세낸 까닭은 사실 그 나무 때문이었다. 전쟁이 끝난 뒤, 나는 망명자 신세로 홀로 이 고장에 왔다. 그때까지의 내 삶은 좌초되었다. 나는 일하고 생각하며 파괴된 세상을 내 안에서 다시 일으켜 세우기 위해 안식처가 필요했고, 작은 집 한 채를 찾고 있었다. 그리고 지금의 이 집을 둘러보았을 때 나쁘지 않은 인상을 받았다. 그런데 결정적으로 마음이 기운 이유는, 주인 아주머니가 나를 작은 발코니로 인도했을 때 그곳에서 본 전망 때문이었다. 거기서 갑자기 내 아래로 클링조어의 정원이 펼쳐졌다. 그 한가운데에 거대한 나무 한 그루가 연분홍빛 꽃에 싸여 빛나고 있었다. 나는 즉시 그 나무의 이름을 물었고, 바로 유다나무였다. 그 이후로 그 유다나무는 해마다 꽃을 피웠고, 수백만의 연분홍 꽃들은 서양딱나무처럼 나무껍질에 가까이 붙어 있었다. 꽃이 사 주 내지 육 주 동안 만발하고 나면 그제야 연둣빛 잎이 돋았고, 얼마 뒤 이 연둣빛 잎에는 어두운 자줏빛의 신기한 꼬투리들이 촘촘히 달렸다.

사전에서 유다나무를 찾아보면, 물론 별 신통한 것을 알아낼 수는 없다. 유다와 예수에 관해서는 한 마디도 써 있지 않다! 그 대신 거기에는, 이 나무가 레구미노제 속(屬)에 속하고 체르시스 실리쿠아스트룸으로 명명되어 있으며, 원산지가 남유럽이고 여기저기 관상용 관목으로 눈에 띈다는 내용 등이 적혀 있다. 게다가 사람들은 그 나무를 '가짜 요한나무'라고 부르기도 한다. 하느님 맙소사, 어떻게 진짜 유다와 가짜 요한이 뒤섞여 버렸단 말인가! 하지만 '관상용 관목'이라는 단어를 보면 나는 애석해하면서도 웃을 수밖에 없다. 관상용 관목이라니! 유다나무는 나무 중의 나무다. 그 거목의 밑동이 어찌나 실한지, 내가 한창일 때도 그렇게 건장하지는 못했다. 그의 우듬지는 정원의 깊은 골짜기로부터 거의 내 작은 발코니까지 올라왔다. 그는 참되고 훌륭한 장루(檣樓)였다. 며칠 전 그는 폭풍우에 꺾여서 마치 오래된 등대처럼 쓰러졌는데, 만약 나라면 이 관상용 관목 아래 서 있고 싶지 않았을 터다.

어쨌든 지난 얼마간의 나날은 별로 기념할 만하지 못했다. 여름은 돌연 병들었고 사람들도 그 여름의 죽음을 예감하고 있었다. 그러고는 첫 가을비가 내리던 날, 나는 가장 절친한 친구(나무가 아니고 사람)를 무덤으로 지고 가야 했다. 그 뒤로 부쩍 서늘해진 밤과 잦은 비에 나는 늘 썰렁함을 느꼈으므로 벌써부터 여행을 떠나려는 생각을 품어 왔다. 대기에서는 가을과 퇴락, 관과 무덤의 화환 냄새가 났다.

그러더니 결국 어느 날 밤, 미국 연안의 대서양에서 일어난 태풍의 영향으로 거친 폭풍이 남쪽에서부터 몰려왔다. 그것은 포도밭을 망가뜨리고 굴뚝을 쓰러뜨리고 내 작은 석조 발코니마저 무너뜨리더니 급기야 마지막 순간에는 내 늙은

유다나무까지 앗아가 버렸다. 나는 청년 시절, 하우프나 호프만의 멋지고 낭만적인 단편들 속에서 폭풍우가 그리도 으스스하게 불어제치던 광경을 얼마나 좋아했던가! 그래, 그날의 폭풍이 바로 그랬다. 그렇게 강하고 섬뜩하고 난폭했다. 마치 사막에서 불어오는 듯한 그 무겁고 후텁지근한 바람은 우리의 평화로운 골짜기에 자신을 비집어 넣더니 미국식 난동을 부렸다. 그 밤은 참으로 험했다. 어린아이들 말고는 우리 마을의 어느 누구도 눈을 붙이지 못했다. 그리고 그다음 날 아침에는 부서진 벽돌 조각이며 깨진 유리창들이며 부러진 포도 덩굴들이 온 사방에 널려 있었다. 그러나 내게 가장 충격을 주었고, 그 무엇으로도 위로받을 수 없는 일은 유다나무를 잃었다는 사실이었다. 같은 자리에 유다나무의 어린 형제를 새로 심기로 했으나, 새 나무가 먼저 나무의 반만큼이라도 위풍당당해질 무렵이면 나는 벌써 오래전에 이 세상 사람이 아닐 것이다.

　얼마 전 가을비가 후줄근하게 내리던 날, 내 절친하던 친구를 묻을 때 관이 축축한 구덩이로 사라지는 모습을 보면서, 나는 스스로를 위로하며 생각했다. '그는 평화를 찾았어. 그는 그다지 호의적이지 않던 세상을 등지고 싸움과 걱정을 초월해서 피안으로 들어선 거야.' 그러나 유다나무에게는 이런 위안이 필요 없다. 단지 가련한 인간들만이 우리 가운데 한 사람이 묻힐 때, 우리 스스로에게 형편없는 위로의 말을 건넨다. '그래, 이제 그는 편안하지. 사실 그를 부러워할 만해.' 나는 내 유다나무에게 그렇게 말할 수 없다. 그는 분명 죽고 싶지 않았다. 그는 그토록 연로해질 때까지 해마다 열광하면서 자랑스럽게 수백만의 찬란한 꽃을 피웠고, 기쁨으로 분주히 그들을 열매로 바꾸었으며, 열매의 녹색 꼬투리들을 먼저 갈색으로 그러고는 자주색으로 물들였다. 그는 누군가의 죽음을 보았을 때 단 한 번도 그것을 부러워하지 않았다. 아마도 그는 우리 사람들을 대단찮게 여겼나 보다. 아마도 그는 이미 유다 시대 때부터 사람들을 알고 있었던 게다. 이제 그의 거대한 시체는 정원에 누워 있다. 그는 한 무리의 작고 어린 식물들 위로 넘어지면서 그들과 함께 영면했다.

한여름

시든 금잔화의 언덕에서
갈색 돌과 금빛 먼지
누렇게 된 아카시아 잎에서
어떻게 여름이 그의 충일을
떨치고 스스로를 태우는지!
마른 꼬투리에서 검은 씨들이 바스락거리고
저녁이면 별들이 농익어
무겁게 하늘에 걸린다.
열광으로 가슴이 뛰듯이
그리고 무더운 날씨로부터 끓어오르듯이.
아직 반가운 소나기에
촉촉해진 생명이 유희하며 달리는 곳에,
여름은 성이 나서 언덕 꼭대기로
헐레벌떡 올라간다. 그는 더 머물고 싶지 않다.
그는 도취와 재운을 갈망한다.
죽음이 그를 부른다. 수척한 말을 타고
그는 내달린다. 그리고 땅을
지치고 시들고 타 버린 채로 놔둔다.

그러면 잎과 풀들이 한숨 쉬며 기지개를 켜는데
뻣뻣하게 바스락거리고 유리처럼 짤깍거린다.

대조

이제 한여름이다. 벌써 몇 주 전부터 내 창문 앞으로 키 큰 여름목련이 만발해 있다. 이 목련은 남쪽 지방 여름의 한 상징이다. 그는 느긋하고 여유로운 듯 보이지만 사실 성급하고 사치스럽게 꽃을 피운다. 그는 늘 눈처럼 희고 탐스러운 꽃잔을 몇몇만, 많아 봐야 여덟에서 열 개 정도만 활짝 피운다. 그렇게 그 나무는 두 달 동안 얼핏 보기에 늘 같은 모습으로 자신의 꽃을 선보이나, 실상 이 우아하고 탐스러운 꽃들은 아주 덧없어서 이틀을 넘기지 못하고 진다. 이 꽃들은 대개 이른 아침에 창백하고 살포시 초록빛이 도는 봉오리들을 열어 보이는데, 그 모습은 순결한 흰빛으로 신비스럽고, 비현실적이도록 부유한다. 그 빛은 공단 같은 눈빛[雪光]처럼 반사되면서, 어둡게 반짝이는 초록의 단단한 잎들 위로 하루 동안 젊고 윤기 나게 떠 있다. 그러고는 서서히 가장자리를 누렇게 물들이기 시작하고, 모양을 잃어버리면서 피로하지만 체념의 감동 어린 몸짓으로 늙어 가는데, 그것도 겨우 하루를 간다. 그러면 그 하얗던 꽃은 이미 변색되어 밝은 계피색이 되고, 어제는 마치 공단 같았던 꽃잎들이 오늘은 곱고 부드러운 야생 가죽처럼 보인다. 그것은 아주 아름답고 근사하며, 입김처럼 부드러우면서도 질기고 강한 물질로 변한다. 그렇게 나의 키 큰 목련은 날마다 순결한 눈빛의 꽃들을 피우는데, 그 꽃들은 늘 한결같다. 그 꽃들로부터 섬세하고도 자극적이며 기품 있는 향기, 신선한 레몬을 연상시키지만 그보다 더 달콤한 향내가 내 서재로 날아든다.

그러나 그 큰 여름목련(북쪽 지방에 흔한 봄목련과 혼동해서는 안 된다.)이 그렇게 아름다운 만큼 항상 다정하지는 않다. 어떤 계절이면 나는 적대감을 갖고 그를 바라본다. 나무는 자라고 자라고 또 자라서, 그가 내 이웃이던 십 년 내내 가지를 뻗으며, 가을과 봄에 가뜩이나 모자라는 내 발코니의 아침 햇빛을 가린다. 종종 내게는, 격렬하고 터무니없이 자라나는 그 나무가 급히 성장해 가는, 건장하고 단단하고 굼뜬 젊은이같이 보인다. 그러나 지금, 이 한여름에 그는 고상한 기품을 풍기며 점잖게 서서, 단단하고 에나멜을 칠한 듯이 반짝이는 잎들을 바람에 달그락거린다. 그리고 지나치게 아름다우며, 지나치게 덧없는 자신의 여린 꽃들을 조심스레 보살핀다.

창백하고 탐스러운 꽃을 이고 있는 이 거대한 나무 앞에 다른 나무 한 그루가 서 있다. 한 난쟁이 나무. 그 나무는 화분에 심겨 내 작은 발코니에 서 있다. 땅딸막한 이 난쟁이 나무는 실측백나무의 한 종류로, 키가 일 미터도 되지 않지만 벌써 마흔 살이다. 작고 마디가 불거지고 자부심 있는 이 난쟁이는, 조금은 감동스럽고 조금은 우스꽝스러우나, 기품 가득하고 별나서 미소를 자아낸다. 나는 얼마 전에 그를 생일 선물로 받았다. 이제 그는 거기 서서 몇십 년 동안 폭풍우에 마디가 진 것 같은, 그러나 겨우 손가락 길이만 한 가지를 쭉 뻗고 태연하게 그의 거인 형제를 건너다본다. 그 거인 형제의 꽃 두 송이면 이 기품 있는 난쟁이를 덮어 버리고도 남을 것이다. 그러나 그는 신경 쓰지 않는다. 그는 자신의 가지 하나만큼 큰 잎을 가진, 크고 통통한 형제 목련을 전혀 의식하지 않는 듯하다. 그는 자신의 작고 기괴한 웅대함 속에서 깊이 생각에 잠겨, 스스로에게 빠져 있는 것 같다. 마치 난쟁이들이 종종 말할 수 없이 늙어 보이거나 시간을 초월한 양 보이듯이, 그도 오랜 옛날부터 살아온 존재 같다.

몇 주 전부터 우리를 에워싼 한여름 무더위에, 나는 거의 외출하지 않고 닫힌 덧문 뒤에 자리한 방 몇 칸에서 살고 있다. 거인과 난쟁이, 두 그루의 나무가 내 동무다. 그 거대한 목련은 내게 모든 성장, 모든 충동적이고 자연스러운 생명, 모든 무사함과 비옥한 풍요로움의 상징이며 유혹의 부름이다. 거기에 견주어 그 조용한 난쟁이는 의심의 여지없이 정반대다. 그는 많은 자리를 원하지 않고 탕진하지 않으며 깊이와 영속을 추구한다. 그는 자연이 아니고 정신이며, 충동이 아니고 의지이다. 친애하는 작은 난쟁이여, 얼마나 기묘하면서 사려 깊게, 얼마나 강인하고 유구하게 거기 있는가!

건강, 유능함, 생각 없는 낙관주의, 깊이 있는 문제에 대한 웃음 띤 거부, 공격적인 물음에 대한 비겁한 포기, 순간을 즐기는 삶의 기술 — 이런 것들이 우리 시대의 신조다. 세상은 이러한 방식으로 우리를 짓누르는 세계 대전의 기억을 미혹하려 한다. 과장되게, 아무 문제 없이, 미국적인 것을 흉내 낸다. 그렇게 이 낙관주의라는 열광은 지독히 우둔하고, 믿지 못할 만큼 행복하고 환하게 웃는 살찐 아기로 분장한 배우처럼 거기에 있다, 날마다 새로이 빛나는 꽃으로 장식되고, 새 영화 배우의 사진과 새로운 숫자로 기록되면서……. 이 모든 위대함들이 순간적이고, 이 모든 사진들과 기록들이 겨우 하루만 버티고 사라진다는 사실에는 아무도 관심을 두지 않는다, 늘 새로운 게 나오니까. 이토록 격앙되고 어리석은 낙관주의는, 전쟁이며 불행, 죽음, 고통 따위를 상상 속에 존재하는 무의미한 것으로 치부해 버리고, 어떤 걱정이나 문제점들에 관해서는 알려고 하지 않는다. 한편 미국의 모범을 따르는 이러한 낙관주의 탓에 나의 정신도 자극되어서 비판은 곱절이 되고 문제의식은 깊어졌다. 마찬가지로 시류 철학과 잡지들에 반영되는 것과 같은 이 산딸기색의 '유아적 세계관'을 적대시하고 거부한다.

이렇게 내 두 이웃, 놀랍도록 생명력 넘치는 목련나무와 영혼이 서린 듯한 난쟁이 나무 사이에 앉아서, 나는 대조의 유희를 눈여겨보며 생각에 잠기기도 하고, 더위에 잠시 졸기도 하고, 담배를 피우기도 하면서, 저녁 무렵에 숲으로부터 좀 서늘한 바람이 불어오기를 기다린다.

내가 행하고, 읽고, 생각하는 것들이 무엇이건 나는 어디서나 요즘 세상의 내적 분열을 접한다. 매일 내게 편지가 몇 통씩 오는데, 대부분 모르는 사람들에게서이다. 그 편지들은 호의적이기도 하고 가끔 비난조이기도 하지만 모두 같은 문제를 다루고 있다. 그들 모두는 떠도는 낙관주의 쪽에서 염세주의자인 나를 비난하거나 비웃거나 가련히 여기거나, 혹은 깊은 곤경과 절망에 빠져서 광신적이고 과장되게 내가 옳다고 주장한다.

물론 그들은 모두 옳다. 목련이든 난쟁이 나무이든, 낙관주의자든 염세주의자든. 단지 나는 먼저 것을 더 위험하다고 여긴다. 왜냐하면 그해 1914년²을 떠올리지 않고는, 그리고 당시의 명목상의 건강한 낙관주의를 떠올리지 않고는, 나는 그들의 달뜬 만족감과 포만한 웃음을 바라볼 수 없기 때문이다. 그 시절의 모든 민족들은 그러한 낙관주의에 휩싸여 모든 것을 훌륭하고 매혹적으로 보았다. 그래서 그들은 전쟁이 상당히 위험하고 폭력적인 기도이며, 아마도 좋지 않게 끝날지 모른다는 사실을 환기시키던 염세주의자들을 벽 쪽으로 몰아세우고 위협했다. 어쨌든 염세주의자들 일부는 비웃음을 샀고, 일부는 궁지로 몰렸다. 그리고 낙관주의자들은 위대한 시대를 칭송하고 환호했으며 몇 해 동안 승리했다. 그러면서 그들은 자신들과 그들 민족이 지쳐 나자빠질 때까지 환성을 올리고 승전보를 전하더니 어느 날 갑자기 붕괴해 버렸고, 이제는 예전의 염세주의자들로부터 위로를 받아야 할 처지가 되었다. 나는 그 경험을 결코 완전히 잊어버릴 수 없다.

정신주의자와 염세주의자 들이 우리 시대를 비난하고 거부하고 조소하기만 한다면 물론 옳지 않으리라. 하지만 우리 정신주의자들(요즘 사람들은 우리를 낭만주의자라고 부르는데 우호적인 의미는 아니다.)도 결국 우리 시대의 한 조각이고, 권투 선수나 자동차 제조자 들처럼 이 시대의 이름으로 말하고 이 시대의 한 단락을 구현할 수 있는 권리를 가져야만 하지 않을까? 나는 그 물음에 뻔뻔하게 그렇다고 대답한다.

자연의 모든 것이 그렇듯이, 그 두 나무는 대조에 개의치 않으면서, 그 기이한 대조 속에서 각자 자신과 그들의 권리를

---

2   1차 세계 대전이 발발한 해이다.

확신하며, 저마다 튼튼하고 강인하다. 수액으로 부푼 목련은 후텁지근한 향기를 건넨다. 그리고 난쟁이 나무는 그 자신 속으로 더 깊이 침잠한다.

푄 바람이 부는 밤

불어오는 푄 바람 속에서 무화과나무는 다시금
뱀처럼 혼란스레 엉킨 가지를 흔든다.
민둥산 위로 고적한 성채까지
보름달이 올라 그늘로 그곳에 혼을 불어넣는다.
활강하는 빛의 구름 배들 사이에서
꿈꾸듯이 혼자 중얼거리고
계곡 호수 위의 밤을 영혼의 그림과 시로 둔갑시킨다.
그러면 내 마음속 깊은 곳에서 음악이 깨어나고
달려드는 갈망 속에 영혼이 고개를 든다.
젊어진 듯 느끼고 범람하는 삶으로 돌아가길 욕망한다.
운명과 싸우며 부족한 것을 예감한다.
노래를 흥얼거리며 행운의 꿈과 유희한다.
다시 시작하고 싶다, 다시 먼 청춘의
뜨거운 힘을 서늘해진 오늘로 불러오고 싶다.
방랑하고 구애하고 별들에까지 이르고 싶다
배회하는 소망의 어두운 교회 종소리.
머뭇거리며 나는 창을 닫고 불을 켠다.
침대 위에 하얗게 반짝이는 베개가 기다리는 모습을 본다.
바깥 은빛 정원 위로 푄 바람 속에 생기 있게
떠도는 달과 흘러가는 구름의 시를 나는 안다.
나는 천천히 내 익숙한 물건들 속으로 돌아와서
잠이 들 때까지 내 청춘의 노래가 흐르는 소리를 듣는다.

어느 오래된 시골 별장에서의 여름날 오후

백 살 먹은 보리수와 마로니에 들은
더운 바람에 부드러이 숨 쉬고 살랑거린다.
샘물은 번득이며 대기의 입김에
고분고분 굽어 흐른다. 나무 꼭대기에는
많은 새들이 거의 소리를 잃었다.
바깥 거리는 한낮 땡볕 속에 침묵하고
풀숲에서는 개들이 늘어져 자고 있다.
건초를 실은 마차는 뜨거운 땅 위로 멀리서 삐걱거린다.

우리 늙은이들은 오랫동안 그늘에 앉아
책을 무릎 위에 놓고, 부신 눈을 내리깔고
오늘 한여름의 품에 몸을 맡긴 채
속으로는 먼저 간 사람들을 생각한다.
그들에게는 더 이상 겨울날도 여름날도 없다.
그들은 방에서, 길 위에서
우리에게 가까우면서도 보이지 않고
이곳과 그곳을 잇는 다리를 놓는다.

9월의 비가(悲歌)

그는 장엄하게 빗속 음울한 나무들 사이에서
노래를 읊조린다.
산등성이 숲 위로 벌써 떨리는 갈색 바람이 분다.
친구들이어, 가을이 가까이 왔네,
그는 벌써 숨어서 숲속을 들여다보고 있네.
텅 비고 굳어 버린 들판은 새들만이 찾아가지만
남쪽 비탈에서는 포도가 파랗게 익어 간다.
포도는 은총 가득한 품에 열정과
은밀한 위안을 숨기고 있다.
오래지 않아, 오늘은 생기 있고 푸르른 모든 것들이
창백해지고 추위에 떨며 안개와 눈 속에 죽어 가리라.
오직 몸을 데워 주는 포도주와
식탁 위에서 웃음 짓는 사과만이
햇빛 찬란하던 여름날들의 반짝임으로 작열하리라.
그렇게 우리의 감각이 머뭇거리며 늙어 가는 겨울,
나는 따뜻한 잉걸불과 즐거운 추억에 감사하며
포도주를 맛본다.
흘러간 날들의 향연이며 친구들은 사라지고
가슴속에 침묵하는 춤 사이로
영혼의 그림자가 어른거린다.

브렘가르텐 성에서

누가 예전에 그 오래된 마로니에들을 심었을까
누가 돌로 쌓은 우물에서 물을 마셨을까
누가 화려하게 치장된 홀에서 춤을 추었을까
그들은 잊히고 세월에 파묻힌 채로 거기 있다.

그러나 오늘 우리에게 낮이 비추고
친근한 새들이 노래를 들려준다.
우리는 식탁과 촛불 주위에 함께 앉아서
영원한 오늘에게 제주를 바친다.

우리가 떠나가고 잊혀도
높은 나무에서는 여전히
지빠귀가 노래하고 바람이 흥얼거리고,
그 아래 강물은 바위에 부딪치며 거품을 내리라.

그리고 공작새들이 저녁 울음을 울 때
홀에는 다른 사람들이 앉아 있을 것이다.

그들은 담소하고, 좋은 시절을 찬양하리라.
깃발로 장식된 배들은 지나가고
영원한 오늘이 웃음 지을 것이다.

가을 나무

추운 시월의 밤들, 절망적으로
자신의 푸른 옷을 지키기 위해 내 나무는 아직
싸우고 있다. 그는 그 옷을 좋아하므로 안타까워한다.
그는 그 옷을 즐거운 계절에 입었고
결코 잃고 싶지 않다.

그러고는 다시 밤, 그리고 다시
험한 낮. 나무는 힘이 빠지고
더 이상 싸우지 않는다.
그리고 풀린 사지를 낯선 힘에게 내준다,
그 힘이 나무를 완전히 정복할 때까지.

그러나 지금 그 나무는 황금빛 붉은빛으로 웃으며
푸른 하늘 아래 깊이 만족해서 쉬고 있다.
그가 지쳐 죽음에게 자신을 맡겼으므로,
가을이, 부드러운 가을이 그를 거두어
새 영화(榮華)로 장식했다.

가지를 친 떡갈나무

나무야, 사람들이 어떻게 너를 잘랐느냐
너는 어찌 그리도 낯설고 기이하게 서 있느냐!
네 안의 반항과 의지가 모두 사라질 때까지
어떻게 너는 백 번이나 참아 냈느냐!
나는 너와 같으니, 잘리우고
고통당한 삶에도 나는 쓰러지지 않고
매일 견뎌 낸 잔혹함을 털어 버리며
새로이 이마를 빛으로 적신다.
내 안의 부드럽고 섬세하던 것들이
세상의 경멸로 죽어 갔다.
그러나 내 존재는 파괴될 수 없다.
나는 만족하고 나는 화해했다.
백 번 찢긴 가지로부터
참을성 있게 새 잎들을 피워 내고
모든 아픔에 대항하며 나는 사랑에 빠져
이 미친 세상에 남는다.

어느 고장의 자연에 대하여

일주일 전부터 나는 아주 새로운 경치와 사람들과 문화가 있는 고장의 한 저택에서 살고 있다. 나는 이 새로운 세상의 한가운데서 혼자다. 훌륭한 서재의 고요함 속에서 길게만 느껴지는 가을날들을 떠나보내고자 나는 인내심 필요한 이 기록을 시작한다. 이것은 일종의 소일거리이며, 내 외롭고 빈 나날에 외관상 의미를 준다. 적어도 그토록 많은 사람들이 중요하게 생각하는 돈을 많이 버는 일들보다 덜 해롭다.

내가 머물고 있는 곳은 지리적으로나 언어적으로 프랑스계 스위스와 경계를 이루는 곳에서 멀지 않다. 나는 여기 한 요양소 소장인 친구의 손님으로 와 있고 바로 그 요양소 옆에 살고 있는데, 의사의 안내로 곧 요양소를 둘러보게 될 것이다. 지금 나는 그 요양소에 관해서 거의 알지 못한다. 내가 아는 바는, 단지 그 요양소가 넓고 아름다운 공원으로 가꾸어진 영지 위에 자리하고 있고, 옛 귀족의 저택이며, 여러 안마당으로 둘러싸인 웅대한 성 건축 양식의 아름다운 건물에서, 사람들이 말하기를, 수많은 환자들과 관리인들, 의사들, 간호인들이 수공업자들, 직원들과 함께 살고 있다는 사실이다. 그러나 새로 지은 옆 건물에서 살고 있는 나로서는 이 많은 거주자들을 만날 기회가 좀체 없다. 여름에는 다르겠지만 11월인 지금은, 아무도 정원의 초록색 벤치에 앉지 않는다. 내가 매일 여러 차례 공원을 산책할 때, 또는 사무실에 갈 일이 있거나 편지를 부치러 그 큰 건물로 건너갈 때, 정원 오솔길에서나 소리가 울리는 층계참이나 복도에서, 자갈밭과 안마당에서 어쩌다 마주치는 사람들은 급히 지나가는 간호인이나 조립공, 정원사뿐이다. 이내 그 거대한 건물은 완전한 고요 속에 잠겨, 마치 아무도 살지 않는 듯이 보인다.

그 넓은 요양소 건물과, 두 의사와 그 가족들이 사는 우리의 작은 저택과, 부엌, 세탁소, 차고, 축사, 목공소와 다른 작업장들이 있는 몇몇 새 건물들 말고도, 훌륭하고 봉건적이나 조금은 요염한 외형을 지닌 방대한 공원 한가운데에 넓은 재배지와 온상, 온실을 갖춘 원예원이 있다. 공원의 테라스들과 길들, 계단들은 그 귀족의 저택으로부터 호숫가 쪽으로 점차 낮아진다. 나는 많이 걸을 수 없기 때문에 그 공원은 지금 내가 보는 풍경의 전부이며, 나는 내 주의와 사랑의 대부분을 거기에 쏟고 있다. 그 공원을 만든 사람들은 두 경향, 차라리 두 가지 편애에 따라 나무를 심은 듯하다. 풀밭과 나무들 사이의 회화적이고 낭만적인 공간 분할이 그 하나이고, 다른 편애는 아름답고 잘 짝지어졌을 뿐만 아니라 되도록이면 독특하고 희귀하며 이국적인 나무들을 심고 가꾸려는 의지다. 내 생각에 그것은 이 지방 귀족 소유지의 하나의 관습이었던 듯하고, 게다가 이 장원의 마지막 주인이며 거주자였던 사람이 대농원을 운영하며 담배 수출업을 하던 남아메리카에서 이국적 식물에 대한 취미를 들여온 것 같다. 낭만적이고 식물학적인 이두 가지 편애가 이따금 상치되고 충돌함에도 불구하고 서로 조화를 이루려는 시도는 여러 면에서 거의 완벽하게 성공했다. 이 공원을 거닐면 우리는 곧 나무들과 건축물 사이의 조화를, 호수 쪽으로나 성의 정면 쪽으로 이끄는 쾌적하고 놀라운 전망의 매력을 발견하게 되고, 나무들의 식물학적 흥미로움과 그들의 나이, 그들 생명력의 호소에 이끌려서 그들을 좀더 가까이 바라보아야만 함을 깨닫게 된다. 그 조화와 매력은, 벌써 맨 꼭대기에 위치한, 반원형 테라스의 큰 화분에 담긴 한 무리의 남방 나무들로 호화롭게 치장된 그 저택으로부터 시작된다. 그 가운데 탱탱하고 윤기 나는 작은 열매를 넉넉히 달고 있는 오렌지나무가 있다. 그 나무는 타향 기후로 옮겨진 나무들이 대개 그렇듯이 허약하고 고통스러운, 아주 불쾌한 인상을 주지 않고, 실하게 팽팽한 밑동, 둥글게 다듬어진 우듬지, 황금빛 열매와 더불어 건강하고 만족스러워 보인다. 거기서 얼마 떨어지지 않은 곳, 호숫가 쪽으로 조금 내려가 보면 별스럽고 튼튼한 나무 한 그루가 눈에 띄는데, 나무라기보다 관목에 가까운 그것은 화분에 심지 않고 땅에 뿌리를 내렸으며, 아주 비슷하게 작고 단단한 공 모양의 열매를 달고 있다. 그것은 기이하도록 완고하며, 자기 내부로 꽁꽁 뭉쳐서 헤집고 들어갈 수 없는 여러 갈래의 밑동과 여러 갈래의 가지를 가진 가시나무인데, 그 작달만한 오렌지나무의 것처럼 황금빛 열매는 아니다. 그것은 어마어마하게 크고 아주 오래된 그리스도 가시나무인데, 더 걸어가다 보면 여기저기서 그와 같은 나무들을 만나게 된다.

　인상적이고 부분적으로 기이한 실루엣을 지닌, 주목과 실측백나무의 사촌 격인 몇몇 나무들 곁에, 외롭고 조금은 우수에 젖어 있지만 튼튼하고 건강한 바오밥나무가 한 그루 있는데, 그 나무는 완벽한 대칭을 이루고 있으며 마치 꿈속에 잠긴 듯하다. 그리고 그는 고독이 아무렇지도 않다는 양, 위쪽 가지들에 무겁고 큰 열매들을 몇 달고 있다. 이렇게 세심하게 띄엄띄엄 풀밭에 심은 주목과 경탄을 불러일으키는 진귀한 나무들 말고도, 마찬가지로 자신의 흥미로움을 어느 정도 알아서 순수함을 조금 잃은 채, 희귀하지는 않지만 정원 예술에 의해 변신하고 멋 부리면서 몽상적인 몸짓을 하는 나무들도 꽤 있는데, 이를테면 낭만적인 시대의 품위 있는 긴 머리카락을 가진 공주들, 즉 수양버들과 자작나무가 그들이다. 그들 가운데는 또 기괴한 죽은 소나무도 있는데, 그 밑동과 가지들은 일정한 높이에서 휘어져 다시 뿌리 쪽을 향해 내려간다. 이렇게 반자연적으로 휘어서 성장하는 바람에 촘촘하게 늘어진 지붕이 생기는데, 그것은 일종의 소나무 오두막이고 굴이므로 사람이 들어갈 수 있고, 또 우리는 마치 이 이상한 나무의 요정인 양 그 안에서 숨어 살 수도 있다.

우리의 귀한 나무들 중에는 멋지고 오래된 히말라야삼나무도 몇 그루 있는데, 그들 가운데 가장 아름다운 나무의 높은 가지는, 그 공원과 주변의 건축물보다도 더 오래 거기 살았으며 이 영지에서 가장 나이 많은, 밑동이 굵직한 떡갈나무의 우듬지에 가닿는다. 거기에는 무성하게 자란 미국삼나무들도 있다. 그들은 위보다 옆으로 퍼졌는데, 차고 센 바람이 자주 부는 데 대비해서인 듯하다. 그 공원 전체에서 내가 가장 훌륭하게 여기는 나무는 품격 높은 외국산 나무들이 아니라, 어마어마하게 크고 나이가 많아서 경외심을 불러일으키는 은백양

나무이다. 그 나무의 거대한 밑동은 땅 위에서 둘로 갈라져 있는데, 그 한쪽 밑동만으로도 충분히 한 공원의 자랑이 될 수 있다. 이 은백양나무의 잎은 여전히 무성한데, 그 잎들은 빛과 바람의 유희에 따라 은회색으로부터 갈색, 누렇고 붉은빛의 다양한 색채를 거쳐 어두운 회색까지 색조를 바꿀 수 있다. 그 색들은 늘 조금씩 금속성이고 메마른 느낌을 준다. 11월 초순인 지금, 아직 때때로 촉촉하고 깊은 여름의 푸르름을 띠거나 구름으로 어둡게 장막을 친 하늘을 배경으로 강한 바람이 이 거대한 쌍둥이 우듬지를 뒤흔들면 그야말로 장관이다. 이 경외할 만한 나무는 릴케와 같은 시인에, 코로와 같은 화가에 비견할 만하다.

이 공원 양식의 전형은 프랑스가 아니고 영국이다. 사람들은 자연스럽게 생겨난 듯 보이고 꾸미지 않은 경치를 압축해 내고자 했고, 이 시도는 곳곳에서 거의 성공적이었다. 그러나 건축물에 대한 조심스러운 고려와, 영지와 호수에 이르는 경사에 대한 세심한 배려는, 이 공원이 자연과 야생보다 문화와 정신과 의지와 재배에 관계되어 있음을 분명히 보여 준다. 오늘날까지도 이 공원에서 그 모든 것을 감지할 수 있다는 점이 내 마음에 든다. 그런데 이 공원이 조금 방치되고 덜 가꾸어지고 야생화된다면 더 아름다울지도 모른다. 그러면 길 위에는 풀이, 돌계단의 갈라진 틈과 가장자리에는 고사리가 자라날 테고 잔디에는 이끼가 끼고, 장식용 건물들은 주저앉겠지. 모든 것이 자연의 무분별한 생산과 파멸의 충동에 관해 얘기해 줄 것이며, 이 고상하고 아름다운 세상에 야생과 죽음의 사상이 깃들 것이고, 사람들은 땅 위에 부러진 나뭇가지며 죽은 나무의 시체와 그루터기에 작은 늪지 식물들이 뒤덮여 가는 광경을 볼 것이다. 그러나 여기서는 그런 것들을 결코 느낄 수 없다. 예전에 이 공원을 계획하고 나무를 심은, 강건하고 정확하며 완고하게 기획해 내는 인간 정신과 문화 의지가 오늘날까지도 이 공원을 지배하고 유지하고 보살피면서, 야생과 임의성과 죽음에 한 치의 땅도 내주지 않고 있다. 길 위에서 풀이, 잔디에서 이끼가 싹을 틔우면 안 되고, 떡갈나무는 그 옆의 히말라야삼나무 쪽으로 우듬지를 너무 가까이 뻗어가서도 안 되며, 과일나무들과 굽은 난쟁이 나무들도 재배됨을 잊거나 꾸며지고 다듬어지고 휘어지는 법칙으로부터 달아나는 일은 허용되지 않는다. 그리고 나무 한 그루가, 병이 들거나 나이가 들거나 폭풍과 눈의 압력으로 쓰러지더라도 그곳은 죽음과 뒤죽박죽 자라나는 새 식물들이 뒤섞인 장소로 방치되지 않는다. 그 나무 대신에, 가지 두세 개와 몇몇 잎을 단 어린 나무가 둥근 빈터에 새로 심긴다. 그 모종은 작고 수척하고 단정하게 서서, 규칙에 복종하며 자신을 순응시킨다. 그 곁에는 그를 지탱하고 보호하는, 깨끗하고 튼튼한 막대기마저 세워진다.

이렇게 여기 귀족 문화의 유산은 완전히 변화한 오늘날에까지 보존돼 왔고, 자기 소유지를 자선 시설에 기증한 마지막 영주의 의지는 아직도 존중받고 군림한다. 큰 자작나무도, 히말라야삼나무도, 막대기에 의지한 마르고 어린 묘목도 그에게 복종하고, 모든 나무 무리의 윤곽도 그에게 순종하며, 호숫가 갈대들로부터 넓은 잔디밭을 갈라놓은 마지막 정원 테라스의 위엄 있는 고전주의적 기념비에 이르기까지 모두 그를 칭송하고 영원화한다. 그리고 파괴적인 한 시절이 이 아름다운 소우주에 입힌, 단 하나 눈에 띄는 상처도 곧 사라지고 치

유되리라. 지난 전쟁 중에, 위쪽에 자리한 잔디밭은 갈아엎어
져 밭이 되어야만 했다. 그러나 그 빈터는, 침입해 들어온 잡
초들을 없애고 다시 잔디 씨를 받기 위해 벌써 써레와 갈퀴를
기다리고 있다.

지금까지 나는 내 아름다운 정원에 관해서 이것저것 얘기
했으나, 잊고 묘사하지 않은 것이 더 많다. 나는 단풍나무들과
마로니에들을 칭송했어야 했고, 안마당에 있는 풍만하고 밑
동이 굵은 나무에 대해 언급하지 않았으며, 다른 모든 것들보
다도 먼저 그 훌륭한 느릅나무들을 떠올렸어야 했다. 그 느릅
나무들 가운데서 가장 아름다운 나무는 저택과 성의 본채 사
이에, 우리 집 아주 가까운 곳에 서 있는데, 저 건너편 그 존경
스러운 떡갈나무보다 젊지만 키는 더 크다. 이 느릅나무는 단
단하고 굵으나, 땅에서 높고 늘씬하게 솟아오르려는 밑동으
로부터 자라난다. 그 밑동은 힘차게 잠깐 솟아나고는, 마치 여
러 갈래의 분수 물줄기처럼, 하늘을 향해 한 무리의 늘씬하고
경쾌하고 빛을 탐하는 줄기들을 내뿜으며, 높고 보기 좋게 아
치 모양을 이룬 우듬지에서 안식을 찾을 때까지 즐거이 위로
위로 오른다.

잘 정돈되고 다듬어진 이곳에 원시와 야생을 위한 공간이
한 치도 없을지언정, 두 세계는 이 영지의 경계 어디서나 맞부
딪친다. 벌써 이 공원을 만들고 나무들을 심을 때 완만한 내리
막을 이루는 길들은 호숫가 모래사장과 갈대밭의 늪지에 다
다랐고, 그 뒤로는 더 눈에 띄게, 길들여지지 않고 제멋대로인
자연을 이웃으로 받아들일 수밖에 없었다. 몇십 년 전에 이 지
방 호수들 사이를 잇는 운하가 건설되면서 여기 호수의 수위
가 몇 미터는 낮아졌고 그 때문에 과거 호수였던 자리가 넓은

띠처럼 드러난 채 말라 갔다. 사람들은 그곳을 어떻게 해야 좋을지 몰라서 자연에게 내맡겨 버렸고, 이제 그곳의 일부는 아직 습하고 몇 마일에 걸친 텁수룩하고 약간 기형적인 숲이 되었다. 또 일부는 오리나무, 자작나무, 버드나무, 포플러 그리고 다른 많은 나무의 씨앗들이 날아와서 정착한 밀림으로 우거졌는데, 이 나무들은 서서히 지난날의 모래 바닥을 숲의 지반으로 바꿔 놓았다. 사실은 그 지반에서 불편해하는 듯이 보이는 떡갈나무들도 여기저기 눈에 띈다. 그리고 내 생각에 여름이면 여기 늪지의 식물들은 꽃을 피울 것이며, 은빛 황새풀과, 보덴 호숫가 늪지에서 보던 키가 크고 깃털 달린 양란도 있을 것이다. 이 야생 수풀은 많은 짐승들에게도 안식처가 되었다. 그 안에는 오리와 다른 유금류의 새들 말고도, 도요새며 마도요새, 왜가리, 가마우지 들이 둥지를 튼다. 나는 백조들이 나는 모습을 보았고, 그저께는 그 작은 숲으로부터 노루 두 마리가 나와서 유희하듯이 유유히 우리 공원의 넓은 풀밭을 가로질러 뛰어가는 모습도 보았다.

내가 여기 묘사하거나 간추려서 열거한, 근사하게 가꾸어진 공원과 새로운 습지의 원시적이고 어린 수림이 이 영지의 전체 경관인 양 보일 수도 있으나, 그것은 사실 내가 사는 집 주변의 경치일 뿐이다. 십오 분가량 오솔길을 따라 이곳을 오르락내리락 걷다 보면, 실제로 그것은, 큰 도시 안의 공원처럼 하나의 동아리고 자그마한 외딴 세상이라서, 단지 한동안 머물기에 족하고 다른 자연을 대체하는 수준에서 기쁨을 줄 따름이다. 그러나 실상 이 모든 것, 공원, 원예원, 과수원, 주위를 둘러싼 숲은, 훨씬 크고 조화로운 세계로 이끄는 전경이고 서막일 뿐이다. 키 큰 느릅나무며 포플러며 히말라야삼나무

들 아래로, 집으로부터 난 예쁜 길을 걸어, 계피색의 굵은 밑동 위로 유연하게 늘어진 가지들의 천막 뒤에 따스하게 숨어 있는, 원뿔 모양의 풍만한 미국 삼나무들을 지나고, 바오밥나무와 안개나무를 지나고, 수양버들과 그리스도 가시나무를 지나 호숫가로 내려가면, 거기서 처음으로 영원하고 참된 자연과 마주하게 되는데, 그 자연의 특성은 보기 좋음이나 흥미로움에 있지 않고, 드넓게 열려 있고 꾸밈 없고 광대한 크기에 있다. 바람에 흔들리며 춤추는 갈색의 작은 갈대숲 뒤로 호수는 몇 마일씩이나 계속되는데, 화창한 날에는 하늘빛을 담고 비바람 부는 날에는 빙하처럼 어두운 청록색을 띠며, 호수 저편 멀리로는(자주 그러고는 하지만, 회색빛 뿌연 안개에 가려 있지 않을 때면) 낮고 길게 이어진 쥐라산맥이 넓게 퍼져서 거의 평평해 보이는 광경 위로, 끝없이 광활한 하늘에 그의 조용하고 힘 있는 선을 긋는다. 보덴 호수를 떠난 뒤로 나는 그런 경치를 더 이상 경험하지 못했는데, 어느덧 삼십오 년이 다 돼 간다. 드넓은 호수와 하늘, 물과 해초의 향기, 흔들리는 갈대, 축축한 모래밭 위로 거닐던 순간, 내 위로는 무한한 하늘을 떠다니던 구름과 몇몇 새들 — 내가 이런 것들을 예전에 얼마나 사랑했던가! 그 이후로 나는 늘 무의식적으로 높은 산들 가까이서 살았는데, 그곳은 하늘과 전망과 안개와 바람과 온갖 생동으로 이루어진 이곳의 특성과 다르게, 고정되고 분명히 윤곽 지어져 있었다. 그러나 지금 나에게는 골똘히 생각하고 분석하는 것이 중요하지 않다. 그저 정체된 세상에서 역동적인 세계로 돌아와서 좋은 것들에 대해 상상의 나래를 펴 나갈 뿐이다. 물과 하늘이 모든 다른 것을 지배하는, 경계 없고 바다와 닮고 축축하고 반사하고 베일을 치고 걷어 내는 세상의 영원한 변화는 다시 거기 있고, 또 나에게 잊힌 언어로 말을 걸어 온다. 모자를 손에 들고 머리에 바람을 맞으며 종종 그 호숫가에 한참 서 있으면, 청년 시절의 소리들과 향기들이 불어오고, 오랫동안 집을 떠났다가 돌아온 아들을 찬찬히 훑어보고 평가하는 아버지처럼, 나에게 다급하게 과거를 상기시키는 어떤 세상이 나를 세워 놓고 주시하는데, 나는 오래 떠나 있었던 일을 불충으로 느끼지 않는다. 언제나 지속적인 것이 일시적인 것을 조소와 관용 사이에 부유하는 우월감을 가지고 바라보듯, 늙은 나를 이 습하고 서늘한 광야의 정신이 살펴보고 평가하고 용서하고 조금은 비웃는 듯하다. 그럼에도 불구하고 나는 굴욕감을 느끼지 않는다. 땅과 자연과의 새로운 만남은 매번 비슷한 방식으로 이루어진다, 적어도 우리 예술가에게는. 우리의 심장은 본질적이고, 영원하게 보이는 것을 기꺼이, 그리고 사랑을 가득 담아 영접하고, 파도의 리듬으로 뛰고, 바람과 함께 숨 쉬고, 구름과 새들과 함께 날며, 빛과 색과 소리의 아름다움을 사랑과 감사로 느끼면서, 우리가 그것들에 속하고 그들과 친척 사이임을 안다. 하지만 영원한 대지와 영원한 하늘로부터 우리는, 작은 것에 대한 큰 것의, 어린이에 대한 어른의, 덧없는 것에 대한 영원한 것의 그 태연하고 반은 조소 어린 눈길 외의 다른 대답을 한 번도 얻지 못한다. 그것이 반항에서건, 순종에서건, 자신감에서건, 절망에서건 간에, 우리가 말 없는 것에 언어로, 영원한 것에 일시적이고 죽어 가는 것으로 맞설 때까지는. 그리고 하찮고 덧없음으로부터, 가장 불성실하나 가장 사랑스러운, 가장 젊으나 가장 어른스러운, 가장 실패했으나 가장 인내심 있는 땅의 아들로서 우리가 절망 속에서도 긍지를 가질 때까지는. 그리고 보아라, 우리의 무력감은 흩어졌다. 이제 우리는 더 이상 하찮지도, 반항하지도 않는다. 우리는 더 이상 자연과 하나가 되기를 욕망하지도 않으며, 그 대신 그의 크기에 우리의 크기를 맞서게 하고 그의 지속성에 우리의 변화무쌍함을, 그의 침묵에 우리의 언어를, 그의 가시적 영원성에 우리의 죽음에 관한 지식을, 그의 태연자약함에 사랑과 정열을 아는 우리의 심장을 맞서게 한다.

　나는 지금까지 훌륭하고 매혹적이며 가을빛으로 근사하게 물든 회화적 경관을 대강 윤곽만 그려 보았다. 그러나 그게 다는 아니다. 그 평평하고 무겁게 제압하는 농토와 많은 정원과 공원, 호수와 호숫가, 거의 지평선 전체에 걸친 언덕을 뒤덮은 숲과 멀리 뻗쳐 있는 쥐라산맥의 구릉들 외에도 무엇인가가 그 지방의 존속(尊屬)에 속해 있다. 그 무언가가 그 안에서 함께 지배하고 작용하는데, 바로 산들, 알프스산맥이다. 그 산들은 물론 이 계절엔 거의 보이지 않는다. 혹은 기껏 삼십 분이나 한 시간 동안 구릉맥 저쪽에 희거나 푸르거나 분홍빛의 어떤 삼각형, 혹은 여러 각진 모양으로 나타나기도 한다. 구름 같다가도 순간적으로 다른 실체와 구조를 드러내기도 하고, 지평선을 눈에 띄게 더 먼 곳으로 밀어붙이기도 한다. 그러나 바로 그 순간, 막힘 없는 듯하던 인상이 다시 깨지는데, 왜냐하면 푸른빛을 띠거나 분홍빛을 띠는 그 무엇을 통해서 우리 눈은 어떤 단단한 것, 경계, 담을 어렴풋이 감지하기 때문이다. 나는 저녁 무렵, 스쳐 가듯이 보이는 여기저기 흐릿한 산의 형체뿐만 아니라, 융프라우가 우뚝한, 내게 그리도 친숙한 베른 지역의 산지가 푸른 그림자와 함께 붉은 노을빛을 받고 서 있는 광경을 두 번 보았다. 보통은 구릉들 위, 모든 것이 빛과 안개와 하늘로 녹아드는 그 먼 곳에 베른 산지가 부드러우면서도 힘찬 윤곽을 그린다. 그렇게 다정하게 웃음 짓는 듯한 빛깔로 해가 질 때까지 빛나고는, 빛이 바래는가 싶더니, 다음 순간 부지중에 사라져 버린다. 그리고 그 광경에 매혹되고 풍요로워진 눈은 그 산지를 더 이상 그리워하지 않는다. 그만큼 그 우아한 광경은 비세속적이고 거의 비현실적이었다.

그러던 어느 날, 나는 뜻밖에 완전히 색다르고 새로우며 놀라운 알프스의 모습을 보게 되었다. 일요일이었다. 나는 식사하기 전에 내 기력이 허용하는 만큼 짧은 산책을 하고 피곤한 채 돌아와서 점심을 먹은 뒤 신발을 벗어 버리고 안락의자에 몸을 뉘었다. 그러고는 며칠 전부터 쌓인 편지들과 그림 형제의 동화집(오! 이 두 형제는 무려 몇백 년 전에 결코 시들지 않고 계속 꽃피우는, 얼마나 많은 선물을 그들 민족에게 선사했나!)을 읽었고, 한 편지의 답장을 생각해 보다가 그만 잠이 들어 버렸다. 얼마 지나지 않아서 누군가 방문을 조용히 두드렸고, 나는 그렇지 않아도 깊지 않던 선잠에서 깨어났다. 찾아온 사람은 의사였고, 어린 아들이랑 드라이브를 나가는데 나더러 함께 가자고 했다. 나는 서둘러 준비했고, 우리는 차에 올라탄 뒤 알프스 전망이 좋기로 유명한, 쥐라산맥의 어느 가까운 산으로 달려갔다. 넓은 무밭과 과일나무들이 많은 평지를 잽싸게 달려 지나갔고, 줄을 따라 낮고 고른 간격으로 심긴, 포도 덩굴이 깨끗하게 정돈된 포도밭으로 덮인 언덕의 남쪽 경사면을 지났다. 그러자 길은 갈색의 너도밤나무 잎들과 신선한 소나무의 초록과 가을의 누런빛을 띤 낙엽송들이 뒤섞인 숲 사이로 오르막이 되었고, 얼마 뒤 우리는 해발 천 미터쯤 되는 곳에 다다랐다. 거기는 산마루였고, 이제 길은 거의 평지처럼 이

어졌다. 밋밋한 목초지를 몇 걸음 더 올라가니, 우리가 차를 타고 오르면서 예감했던 조각조각의 경치가 한데 어우러지며 마침내 알프스산맥의 전경이 장막을 걷고 우리 앞에 모습을 드러냈다. 정녕 엄청나고 실로 놀라운 광경이었다. 우리 아래로 호수 골짜기와 저지는 하나도 보이지 않았다. 아직은 성긴 안개 속에 골짜기가 잠겨 있었고, 안개는 그 골짜기를 거의 채운 채 낮게 숨을 쉬며 여기저기 조금씩 움직이면서 가끔 한 조각 아래 세상을 보여 주었는데, 전체적으로 완벽한 고요와 부동의 인상을 풍겼다. 한동안 그 광경을 들여다보고 있노라니, 보이지 않는 호수가 저 아래로 몇백 마일이나 뻗어 나가서 저 건너편 안개 세상 너머, 하늘로 분명하게 솟아오른 거대하고 벌거벗은 산맥의 발치에까지 가닿는다는 착각에 빠져들 지경이었다. 여기서는 몇몇 산 무더기들이 보이지 않았지만, 스위스의 동쪽 끝에서부터 프랑스의 사부아 지방에 이르는 마지막 봉우리와 산등성이까지, 이를테면 알프스산맥 전체가 드러났다. 이 유럽의 등줄기는 우리 앞에 마치 거대한 물고기처럼 누워 있다. 그것은 바위와 얼음으로 만들어진, 단단하고 차고 낯설고 강하고 위협적인 세상이다. 냉혹하고 적대적인 푸름 속에 있고, 여기저기 잠깐씩 밝게 빛나는 경사면들 위의 차디찬 만년설은 수정처럼 투명하게 깨어 있으며 거의 추상적으로 반짝인다. 우리 세상의 한가운데를 가르고, 엄정하게 방어하는 방책은 엄청나게 과묵하고 얼음같이 차며, 강인한 칼처럼 날카롭게 솟아 있다. 서늘한 가을 하늘을 배경으로 마치 수백 마일에 걸쳐 굳어 버린 용암 같기도 하고, 공포의 전율과도 같다. 그것은 희열을 동반한 경악과 찬물을 끼얹을 때의 오한이 뒤섞인 느낌이었는데, 그렇게 나는 이 광경에 응답했으며, 참으로 고통스러우면서도 편안하고, 가슴이 트이면서 죄어 오는 무엇이었다. 일을 끝내고 하루를 마무리하면서 아직 잠자리에 들기 전에, 창문을 열고 익숙한 일상과 피로와 안락함에서 시선을 돌려 별들이 차갑게 반짝이는 겨울 하늘로 눈길을 주듯이, 그렇게 우리는, 찻길과 호텔, 여름 별장들과 예배당들이 있는, 적당히 살 만하고 길들여진 인상을 주는 우리의 산등성이로부터 안개 덮인 드넓은 호수 너머로 그 거대하고 낯설고 경직되고 초현실적인 존재를 바라보았다. 잠시 뒤, 처음의 그 강렬하던 느낌이 조금 누그러졌을 때, 내게 한 화가의 그림이 떠올랐다. 그것은 페르디난트 호들러나 알렉상드르 칼람의 그림도, 우리 위대한 알프스 화가 한 사람의 그림도 아니었다. 그것은 알프스가 발견되기 훨씬 이전에 중세 시에나에서 살던 화가 시모네 마르티니의 그림인데, 한 기사가 광활한 벌판을 외로이 달려가고, 벌거벗은 삭막한 산맥이 강건하고 날카롭게, 가시 돋은 농어의 등줄기처럼 그 화폭을 가로질러 지나간다.

시든 잎

모든 꽃들은 열매가 되고 싶다.
모든 아침은 저녁이 되고
이 세상에 영원한 것은 없다
변화와 도주처럼.

가장 아름다운 여름도
가을과 시듦을 느끼고 싶다.
잎이여, 참을성 있게 조용히 있으라
바람이 너를 데려가려 할 때까지.

네 유희를 계속하며 저항하지 말라.
그냥 그렇게 놔두라.
너를 부러뜨리는 바람이
너를 고향으로 날려 보내게 하라.

가을비

오 비여, 가을비여,
잿빛 베일에 감긴 산이여,
지쳐 가라앉는 잎을 단 나무들이여!
김이 서린 창으로
병든 해는 이별을 겨워하며 들여다본다.
젖은 외투를 걸치고 떨면서
너는 나간다. 숲가에서
빛바랜 잎으로부터
두꺼비와 도롱뇽이 취해서 비틀거리며 걸어 나오고,
길을 따라서
냇물은 끊임없이 골골거리며 흘러내려,
인내하는 연못들 사이
무화과나무 곁의 풀밭에 머문다.
그리고 골짜기의 교회 종탑으로부터는
주저하듯 지친 종소리가
그가 묻은 망자를 위해
뚝뚝 들려온다.

이봐 자네, 하지만
땅에 묻은 이웃 사람이나,
여름의 환희나,
젊은 날의 축제를 오래 아쉬워하지 말게!

모든 게 경건한 추억 속에,
말로, 그림으로, 사랑으로 보존되고,
새롭고 더 고귀한 옷을 입고
돌아오는 귀향의 축제를 언제까지나 준비하는 것을!
지키는 것을, 변하는 것을 도와주게.
그러면 믿음, 깊은 기쁨의
꽃이 자네 가슴속에 피어나리니.

안개 속에서

이상하여라, 안개 속을 거니는 것은!
덤불과 돌 들은 모두 혼자다.
어떤 나무도 다른 나무를 보지 못한다.
모두 혼자다.

내게 이 세상은 친구로 가득했다,
내 삶이 아직 빛이었을 때.
이제, 안개가 내리니,
한 친구도 보이지 않는다.

진정 누구도 현명하지 않다,
피할 수 없고 조용히
모든 것으로부터 그를 갈라놓는
어둠을 모르는 사람은.

이상하여라, 안개 속을 거니는 것은!
사는 것은 홀로 있음이다.

누구도 다른 사람을 모른다.
누구나 혼자다.

1914년 11월

숲은 나뭇잎을 떨구고
골짜기의 안개는 무겁게 걸려 있다.
강은 반짝이지 않고
숲은 더 이상 속살거리지 않는다.

거기 폭풍이 휘휘 불어와서는
번득이는 머리카락을 흔들며
단번에 그 땅에서
안개를 깨끗이 쓸어 낸다.

그는 잎과 가지 들을 보호하지 않는다.
어떤 아름다운 것도 그에게 가치가 없다.
새는 둥지에서 무서워 떨고
농부는 아궁이 곁에서 떤다.

다 치워 버려라, 조각내 버려라,
영원히 존재하지 못하는 것들을.

그리고 밤과 죽음을 찢고
밝은 날을 끄집어내어라!

꺾인 가지의 울부짖음

꺾인 가지는 부러진 채,
벌써 여러 해를 걸려 있다.
건조하게, 그는 바람결에 자신의 노래를 삐걱거린다.
잎도 없고 껍질도 없이
벌거벗고 창백하게, 오랜 삶과
오랜 죽음에 지쳐.
그의 노래는 고통스럽고 완강하게 울린다.
반항적으로 울리고 은근히 두렵게 울린다.
또 한 번의 여름,
또 한 번의 겨울 동안.

늦가을의 나그네

헐벗은 숲, 가지들의 편물 사이로
잿빛 하늘로부터 하얗게 첫눈이 내린다.
눈은 내리고 또 내린다. 어떻게 세상은 그리도 침묵할까!
잎 하나 흔들리지 않고, 가지에는 새들도 없다.
오로지 흰빛, 잿빛, 그리고 고요, 고요.

나그네조차, 푸르고 다채롭던 계절에
만돌린, 노래와 더불어 떠돌았건만,
말이 없어지고, 기쁨에도,
떠도는 것에도, 노래에도 싫증이 났다.
그는 한기를 느끼고, 차고 잿빛인 허공에서
그에게로 잠이 불어오는데, 조용히
눈은 내리고 또 내린다…….

아직 봄은 먼 곳에서 말을 걸어 오고
시들어 버린 여름의 환한 기억은
창백하게 빛바랜 영상들로 남았다.

버찌 꽃잎들은 푸른빛의 베일에 감겨 있고,
우아하고 밝은 푸른빛.
여린 날개를 떨며 줄기 끝에는
어린 충매화가 갈색과 금빛으로.

어스름하고 축축한 여름밤의 숲에선
그리움에 젖어 길게 끄는 새의 울음……
나그네는 그 정겨운 광경에 고개를 끄덕인다.
얼마나 아름다웠던가! 그 몇몇은 아직도
그 옛날로부터 날아오르고, 반짝이고는 사라진다.
검고 달콤한 사랑에 빠진 눈길,
갈대밭의 밤, 폭풍우와 번개와 바람,
낯선 저녁 창가의 피리 소리,
아침 숲속의 날카로운 어치 울음…….

이맘때쯤이면 나뭇잎이 하루가 다르게 자라서 금방 시야를 가려 버린다. 강 건너편으로 건너다보이던 집들이 이제는 나무에 덮여서 뒷전으로 물러앉았다. 일주일 전만 해도 갓 트여 나온 작디작은 잎들이 나무를 덮은 어슴푸레한 연둣빛 인상에 지나지 않았는데, 이제는 내가 바라보는 사이에도 나뭇잎들은 자라고 있다.

라인강이 흐르는 이곳은 헤세가 살았던 슈바르츠발트나 스위스의 테신 지방과는 많이 다르다. 마침 좋은 친구가 테신 지방에 살고 있어서 나는 가끔씩 찾아가 며칠 지내다 오곤 한다. 그 친구의 집은 바로 마지오레 호숫가에 있어서 발코니에 나와 앉으면 옆집 마당을 지나 호수가 보이고, 그 넓은 호수 건너편으로 로카르노시(市)와, 그 뒤에 자리한 알프스의 끝자락인 산과 계곡 들이 보인다. 마지오레 호수는 헤세가 살던 루가노 호수와 아주 가깝다. 나는 그곳에 가 보고서야 이 책에서 헤세가 묘사한 테신 지방의 나무들이며, 산과 정원들이 내 안에서 살아남을 느꼈다. 나이 든 시인이 한 시절을 보낸 클링조

어의 정원에 이제 그의 흔적은 남아 있지 않으나, 늙은 작가의 애정 어린 시선은 아직도 나무들 위에 머물러 있다. 나는 그 시선의 깊이를 좋아한다.

이 책을 번역하려고 책상에 앉을 때면 나는 헤세를 불렀다. 그는 늘 내 옆에 와 앉아서 나를 도와주었다. 그의 이야기를 들으며, 그의 나무와 정원 들을 만나 가던 시간들은 정녕 아름다웠다.

향기로운 봄, 라인 강가에서
송지연

자두나무 곁에서 헤세의 글을 읽으며

신혜우

(그림 그리는 식물학자, 식물을 연구하는 화가)

　석 달 전에 삼십 년 넘은 아파트 단지로 이사를 왔다. 그동안 높은 층에서 살았던 나는 처음 집을 보러 갔을 때 3층이라는 점이 마음에 걸렸다. 그러나 막상 집 안에 들어서자 3층 베란다 너머로 오래된 나무의 연둣빛 잎사귀들이 물결치고 있어서 창밖 풍경이 그림같이 좋았다. 두 달 뒤 이사를 오고 나서야 집 앞의 큰 나무가 자두나무임을 알게 되었다. 5월 마지막 날이었던 그날, 자두나무의 초록색 열매는 무성한 푸른 잎사귀 사이에 숨겨져 있었다. 나무는 열매 속 씨앗이 완전히 성숙하기 전에 동물들의 손을 타지 않도록 풋과실을 잎사귀 같은 초록빛으로 물들여서 녹음 사이에 숨긴다. 하지만 우리 집에서는 그 열매들이 손 닿을 거리에 있었으므로 눈앞에서 쉽게 관찰할 수 있었다. 나는 아침마다 일어나면 제일 먼저 베란다로 가서 자두나무 열매를 구경했다. 거의 변함없던 초록색 열매는 6월 말이 되자 순식간에 빨갛게 익어 가기 시작했다. 그 속도는 내 생각보다 빨라서 아침에 들여다보면 하룻밤 사이에 빨갛게 물든 열매가 늘어나 있었다. 손에 가장 잘 닿는

거리의 눈여겨보았던 자두가 붉게 익으면 한번 맛보아야겠다고 생각했는데, 막상 그 자두가 무르익자 나는 차마 그것을 따지 못했다. 그러던 어느 날 밤사이 비가 억수같이 퍼부었는데 그 자두가 떨어지지나 않았을지 걱정되어서 아침에 부리나케 일어났다. 다행히 떨어지지 않은 채 잘 매달려 있었다. 빨갛게 잘 익은 자두의 소명은, 저절로 땅에 떨어지고 동물에게 먹혀서 씨앗을 퍼뜨리는 것이다. 잘 익은 자두가 떨어지는 것은 자연스러운 일인데, 도리어 나는 스스로 관찰해 온 자두가 그대로 있음을 다행으로 여기고 있었다. 연구를 위해서, 혹은 식물을 그리기 위해서 오랜 시간 관찰하다 보면, 식물은 항상 내게 더없이 소중한 존재가 되고 만다. 결국 나는 그 자두가 저절로 땅에 떨어지고 나서야 비로소 주워서 맛을 보았다. 그 자두의 맛은 가게에서 사 먹던 것과 전혀 달랐다. 햇빛 속에 느긋이 매달려서 최대한 무르익은 자두의 맛과 향을 베어 물자, 어린 시절의 추억이 떠올랐다. 나는 시골에서 자라났다. 농사꾼이 많은 시골에서는 과일을 나눠 주는 경우가 흔했고, 많은 양의 과일을 구입할 때엔 과수원 농부에게 직접 살 수 있었다. 좁은 국도를 지나다 보면 농부들은 도시로 보내는 차에 과일을 싣고자 길가에 쌓아 두고는 한다. 초여름 어느 날, 우리 가족은 한가득 쌓인 자두 상자를 보고 차를 세웠다. 자두를 사려는 우리에게 농부는, 도시로 보내려고 미리 수확한 자두는 덜 익어서 맛이 없다며 다른 자두를 가져가라고 했다. 과수원 구석에 자두나무 한 그루가 서 있었는데, 판매할 수 없을 만큼 잔뜩 익은 자두가 가득 달려 있으니 양껏 가져가라는 것이다. 꿀처럼 단물이 흐르는 자두는 멀리서도 향이 풍기고, 수많은 벌이 윙윙거려서 나무가 어디에 있는지 금세 알 수 있었다. 우리

가족은 검은 비닐봉지 두 개가 넘치도록 붉은 자두를 땄다. 내 인생에서 가장 맛있고 향기로운 자두였다.

식물은 소설이나 시, 다양한 글에서 등장한다. 흔히 아는 과일이나 꽃인 경우도 있지만, 사람들이 잘 모르는 식물도 많다. 번역된 외국 서적을 읽다 보면, 그 나라에서 자라는 우리에게 익숙하지 않은 식물들이 곧잘 등장한다. 나는 글 속에 식물을 마주치면, 그 식물에 대해 모르는 이들이 글을 어떻게 느낄지 궁금하다. 또 글쓴이가 어떤 이유에서 그 식물을 굳이 글에 넣었는지도 궁금하다. 어떤 작가는 글을 쓰는 와중에 급히 식물을 찾은 것 같다. 단지 식물의 이름, 사진으로 찾아본 화려한 색상, 순간적으로 떠오른 이미지 때문에 글 속에서 식물을 언급하는 것이다. 나는 그런 이유로 종종 글에서 식물이 나올 때면 단번에 서로(글과 식물) 어울리지 않는다고 느낀다. 진심으로 식물을 사랑하는 작가라면 식물에 대한 지식, 추억, 오랫동안 보아 온 통찰력, 식물이 교감하는 주변 환경, 그 식물만이 자아내는 독특한 분위기를 문장 속에 녹여 낸다. 어떤 다른 식물로도 대체할 수 없고, 오직 그 식물이어야만 하는 것이다. 그런 글을 만나면 나의 글재주로는 절대 전달할 수 없었던 식물로부터 받은 감동을 정확하게 담아내는 작가에게 감탄한다. 내가 사랑하는 작가 중에는 과학적 지식과 명철한 통찰력을 지닌 작가도 있고, 평생 식물과 함께하며 반려자처럼 동행했던 작가도 있다. 헤르만 헤세의 글을 읽으면, 그가 식물 곁에 있었음을 느낄 수 있다. 헤세의 「유년 시절로부터」는 때죽나무의 꽃을 보기 위해 어두운 숲속으로 걸어 들어가고, 봄맞이꽃을 보고자 논두렁에 앉아 있던 일곱 살 무렵의 내 모습을 기억나게 한다. 멀리까지 퍼지는 보리수나무의 꽃향기, 나무 가득 화환처럼 모여 달리는 꽃들, 하얀 빛깔의 꽃잎과 어울리는 분백색 가루가 묻은 듯한 잎사귀, 색채와 향내가 어우러진 뿌연 안개를 피워 올리는 봄날의 보리수나무를 안다면 헤세의 「보리수꽃」을 읽고 깊이 공감하리라. 수많은 나무 중에서 벽오동나무는 내게 친구 같은 존재다. 정원에 있던 벽오동나무는 나무를 오르기에 좋은 매끈한 가지를 가졌고, 가을이면 배 모양의 열매를 떨어뜨려서 물에 띄워 놀 수 있게끔 해 주었다. 나의 벽오동나무처럼 헤세는 자신의 친구였던 「복숭아나무」를 이야기한다. 헤세는 자신과 함께하는 생명체, 식물을 찬미한다. 나는 베란다에 의자를 가져다 두고 자두나무 곁에서 내내 헤세의 글을 읽었다. 이 자두나무를 보고 헤세는 어떻게 느꼈을지, 그의 이야기가 궁금하다. 그 이야기를 읽는다면, 나는 또 분명 감탄하겠지. 헤세의 글을 읽다가 문득 고개를 들어서 올봄 처음 만난 우리 집 자두나무의 가을과 겨울을 그려 본다.

나무들을 구조해야 한다

윤경희

(문학과 예술 관련 글을 쓰고, 『분더카머』의 저자)

헤르만 헤세는 『죽은 나무를 위한 애도』를 언제 썼을까.
산문과 시, 수십 편의 정확한 출처를 일일이 검토하기 어려운
상황에서, 「1914년 11월」처럼 날짜를 제목으로 삼은 글을 제
외하고는, 함부로 속단할 수 없다. 다행히 몇몇 친숙한 글들이
보여서 정보를 구할 수 있었다. 시선집에 종종 실리는 「안개
속에서」는 작가의 나이 28세 무렵인 1905년의 작품이다. 첫
번째 글, 「나무」도 비교적 널리 읽히는 글이어서 1920년에 펴
낸, 헤세 자신의 그림을 곁들인 산문집 『방랑』에 수록되었다
는 사실을 수월하게 알아낼 수 있다. 다른 작품의 출간 시기나
개인사에 관한 단서로 추측할 수 있는 글도 있다. 예컨대 「페
터 카멘친트」는 1904년에 출간된 헤세의 첫 장편이자 같은
제목의 소설에서 발췌했다. 「어느 고장의 자연에 대하여」에
서 헤세는, 옛 귀족의 저택을 개조한 스위스 근방의 요양소에
서 머무는 동안 그곳에 딸린 공원과 온실을 둘러보고 그 너머
의 드넓은 숲과 호수를 예찬한다. 여기서 헤세는 "보덴 호수
를 떠난 뒤 (……) 어느덧 삼십오 년"(91쪽)이 다 되어 간다고

하는데, 그가 마리아 베르누이와 결혼하고 호숫가의 작은 마을 가이엔호펜에 거주한 시기는 1904년부터 1912년 사이이므로, 지금 눈앞의 풍경과 조응하는 훨씬 젊었던 나날을 상기하며 이 글을 쓴 시기는 1947년 즈음이라 짐작할 수 있다. 마지막에 실린 「늦가을의 나그네」는 1956년 작품이라 한다. 이처럼 집필 시기를 확정할 수 있는 글들만 셈에 넣더라도 『죽은 나무를 위한 애도』는 작가 나이 27세부터 79세까지, 장장 오십이 년을 포괄한다. 도토리 한 알을 심었다면 높다란 떡갈나무로 성장했을 세월이다. 요컨대 헤세는 작가로 활동하는 내내 나무에 관한 산문과 시 쓰기를 멈추지 않았다는 뜻이고, 이 책은 그런 기록들로 조립되었다. 작가가 청년에서 노장으로 인간의 시간을 사는 동안, 나무들의 글쓰기는 아담한 숲으로 자라났다.

　『죽은 나무를 위한 애도』에서 헤세의 글들은 집필 순서대로 편집되지 않았다. 차례에 모종의 흐름이 없지는 않다. 첫 글은 마로니에, 복숭아나무, 자작나무, 보리수 등 뒤잇는 구체적 수종을 모두 아우르는 총칭으로서의 나무를 대표하므로 앞에 두었다고 짐작할 수 있다. 그리고 봄, 여름, 가을 등 계절의 감각에 따른 글들이 이어지다가, 작가의 이력에서 아마도 가장 말년의 것에 해당하는 늦가을의 시로 마무리된다. 그렇다면 이 책은 나무들을 비유로 내세워서 인간 개체의 직선적이고 일회적인 생을 재구성한 것이 아닐까. 그렇더라도 책 속의 나무들은 인간의 자기중심적 관점에 여전히 무심하고 무감하다. 개인은 한 번의 생을 살지만, 물론 어떤 나무 한 그루는 강력한 뢴을 견디지 못해 쓰러지기도 하지만, 총체로서의 나무들은, 약간 한정적으로 헤세가 증언하는 온대의 나무들은, 늦가을과 겨울을 지나 다시 봄과 여름을 맞이하며, 수백만 년에 이르는 생성과 진화의 시간을 의연히 살아 나간다. 나무의 시간은 너무나 까마득하기에 자기 눈앞의 풍경만 겨우 살아 내는 인간에게는 아무런 변천도 없는 듯 인식된다. 그래서 아무리 계절의 추이에 따라 편집되었다 한들, 만약 이 책이 낡아 낱장으로 모조리 떨어져 내려서 읽는 자의 마음대로 다시 순서를 정하게 되더라도 무리 없을 만큼, 나무들은 그렇게 영원히 살아 있다고 여겨진다.

나무에 대한 글이 언제 쓰였는지 문헌 정보를 확정하고, 인지하는 일은 왜 중요한가. 나무들은 영원히 산다고, 인간 개개인의 생애 주기를 초월하여 자연의 위대한 생성을 거듭하리라고, 더 이상 말하거나 쓸 수 없는 시대에 우리가 생존하고 있기 때문이다. 21세기 초반의 우리는 20세기 초중반의 헤세처럼 나무를 인격화해서 "나의 과제는 내가 받은 일회적인 것들로부터 영원한 것을 만들어 보여 주는 것"(9쪽)이라고 결코 적을 수 없다. 지구 도처에서 나무들의 죽음이 목도되고 들려온다. 브라질 정부는 식육용 소 목장과 사료용 콩밭을 넓히려고 아마존의 열대 우림에서 대규모 벌채를 강행하고 있다. 인도네시아에서는 연안의 맹그로브 숲을 파괴한 자리에 새우 양식장을 세우고 있다. 아시아, 아메리카, 아프리카 대륙 곳곳에서 기존의 삼림을 없애고, 그 대신 야자, 아보카도, 커피 같은 단일 작물 경작지, 이른바 인간의 욕망을 충족시키고자 다양한 생물종을 말살하는 녹색 사막을 확장하고 있다. 한라산의 구상나무 군락지는 회색으로 말라 간다. 터키와 그리스처럼 따뜻한 지역에서뿐 아니라, 시베리아에서조차 대규모 산불이 다발한다. 최근 십수 년 동안 보고 들은 숲과 나무의 죽음을 떠오르는 대로 열거하기만 해도 이 정도다. 인간의 산업 활동으로 인해서 20세기 중후반부터 지질학적 변화가 현저히 발생했고, 대기의 온도는 높아졌으며, 이상 기후도 자연에 미증유의 재앙을 일으키고 있다. 나무가 겪을 수 있었던 가장 큰 폭력이 뙨 바람이었던 시대(혹은 지역)의 '나무 글쓰기'와 오늘날의 '나무 글쓰기'가 같을 수 없다. 헤세의 『죽은 나무를 위한 애도』는 전 지구적 위기와 재난이 시작되기 직전, 인간이 나무의 영원성을 믿었던 마지막 시대의 글쓰기이며, 21세기를 사는 우리는 『죽은 나무를 위한 애도』의 증인으로서 역사적 시간성을 명철히 인식할 윤리적 책임이 있다.

헤세가 『죽은 나무를 위한 애도』에서 자기 시대를 증언했듯 우리는 우리 시대를 증언해야 한다. 우리가 돌연 어떤 대상에 다 같이 열광하게 되는 까닭은, 세상에 없던 무언가가 막 생겨나서 권태에 찌든 우리의 삶에 신선한 바람을 불어넣기 때문이기도 하지만, 적잖은 경우, 우리 곁 어딘가에서 오래도록 기거하던 무언가가 사라져 가기 시작했기 때문이기도 하다. 세간의 관심에 아랑곳하지 않고 자기 삶의 영역을 지키던 것들이 어느 순간 대규모로 말살된다. 오늘날 나무들은 그렇게 죽어 가는 것들 중 하나다. 우리가 갑자기 '나무의 책'을 내거나 읽고 싶어졌다면, 작은 식물이라도 기르고 싶어졌다면, 그 욕구의 언저리에서 끈질기게 인식하고 기억해야 한다, 지구 어딘가에서 나무들이 무수히 죽어 가고 있다는 현실을. 죽어 가는 것들에 영원의 허울을 그대로 입혀 두기보다는, 한 개

체라도 더 오래 살릴 수 있는 방도를 일깨우고 나눠야 한다는
책무를. 우리의 읽고 쓰기가 바로 그러한 행위일 때, 그것의
결과물 역시 더 오래 읽히고 다시 쓰일 수 있다는 문학사의 진
실을 말이다.

옮긴이
송지연

1964년 서울에서 태어났고, 연세대학교 사학과를 졸업했다.
독일 뮌스터 미술 아카데미를 졸업하고 로마 국립 미술원에서
공부한 뒤, 유럽과 미국 등지에서 자연 치유법을 수련했다.
헤르만 헤세의 『죽은 나무를 위한 애도』, 안토니오 디에고
만카의 『안토니에타와 일곱 샘물』, 타니스 헬리웰의 『레프리콘』
등을 우리말로 옮겼다.

죽은 나무를
위한 애도

1판 1쇄 찍음 2021년 12월 3일
1판 3쇄 펴냄 2024년 5월 24일

지은이 헤르만 헤세
옮긴이 송지연
발행인 박근섭, 박상준
펴낸곳 (주)민음사

출판등록 1966. 5. 19. 제16-490호
서울시 강남구 도산대로 1길 62(신사동)
강남출판문화센터 5층 06027
대표전화 02-515-2000 팩시밀리 02-515-2007
www.minumsa.com

© 송지연, 2021. Printed in Seoul, Korea

ISBN 978 89 374 2982 8 04800
ISBN 978 89 374 2900 2 (세트)

* 잘못 만들어진 책은 구입처에서 교환해 드립니다.